SHY NOVELS

愛され過ぎて孤独

剛 しいら

イラスト 新田祐克

CONTENTS

愛され過ぎて孤独

I lives in the seaside house.Hwever I lives with anyone,
I always feel a lonely.I needed the only persou who loves him.
Have you been in love?

海にゐるのは、
あれは人魚ではないのです。
海にゐるのは、
あれは、浪《なみ》ばかり。

中原中也　北の海より

休日と夏場には車が延々と渋滞する道路も、月曜の午後だったので空《す》いていた。五月の陽射しはかなり強くて、西陽に照らされる車内は窓を開けていても暑く感じられる。吹き込む海風が微かな涼気を運んではくれるが、それでも額に汗の玉が浮かんだ。

大空深海《おおぞらふかみ》は海沿いの道を真っ直ぐに進んで、自身が四年前に卒業した地元の高校を目指す。海を見下ろす高台にある学校は、小さな電車の駅の真上にあった。

ショッキングイエローとでもいうのだろうか。真っ黄色な車体の車は、踏切を渡ると坂道を喘《あえ》ぎ喘ぎ登って、目指す高校の校内に入る。駐車場に車を入れて駐車させると、深海はドアにキーを差し込んでロックした。

「深海。どうした。また弟が何かやったか」

在学時代に担任だった教師が、深海の姿を見つけて声を掛けてくる。深海はそれには答えず、穏やかに笑ってみせた。

「先生。差し歯の具合どうです。まだ治療してない歯があるでしょう。暇な時に寄ってください」

職員用の昇降口に立つ教師は、深海に言われて照れたように笑った。

「そのうちな。どうも歯を削られるのは怖くて。お前が医師免許取ったら、一番の客になってやるよ」

「まだ何年もかかりますよ。その間に虫歯はどんどん進行します。待ってますから」

手を振って教師は去っていく。深海は口元に微笑みを残したまま、来客用の出入り口から校内に入った。

　卒業して何年も経つのに、校内に入った途端、まだ生徒だった時の気持ちに戻ってしまう。曲がりくねった階段の向こうから、クラスメイトがひょいっと顔を覗かせるような気がした。このまま校内を突っ切って、在籍していた水泳部の部室をふらっと訪れてみたくなる。そこにはかつて深海が県大会で優勝した時の写真や賞状が、今でもそのまま飾られているだろう。

　けれど今日の目的はそうじゃない。呼び出された場所は、弟の涼《りょう》のいるクラスだ。二年の教室に向かって迷うことなく歩く深海は、足下でぺたぺたと鳴る緑色の来客用スリッパを見下ろしながら、日に焼けた端正な顔をしかめた。

　これで呼び出されるのは何度目だろう。一年の時はそれほどでもなかったのに、二年になってからのここ一ヶ月の間に、弟の涼は何度か学内で問題を起こしている。

　原因は些細なことらしい。なのに涼は相手に暴力を振るう。冷静になった時に話を聞けば、殴るには殴るだけの理由があるのだが、それでも暴力で解決しようとする行為は許されることではなかった。

「大空です。どうも…。お待たせしました」

　在学中の気分で、思わず挨拶してしまった。そしてふっと自分の立場を思い出す。

　今日ここに来たのは、卒業生としてではない。大空涼の父兄として来ているのだ。

「ああ、どうも。ご苦労様。今日は大学の授業、もう終わったの？」

深海が卒業した後に、ここの教師に就任した担任はまだ若い。深海とたいして年も変わらない男だったが、いつでも深海に対する態度は横柄だった。

涼に言わせると、担任は歯科医を目指しているというだけで深海に妙なコンプレックスを抱いているのだという。それだけではない。両親がいなくても歯科医を雇って経営を順調に続けている歯科医院があり、相当額の遺産で楽に暮らしていることが気に入らないらしい。

嫉妬されても困る。現実はそんなに楽なものではない。

三年前に町内でも有名だった歯科医の母に先立たれた。父親は籍だけは残っているが、何年も前から行方不明だ。十九という年で、深海は涼と千尋《ちひろ》。二人の弟の親代わりになったのだ。

忙しかった母のせいで、家事は子供の時から分担制だった。週に何日か手伝いの女性も来てくれる。おかげで生活に不自由はあまり感じないが、十七と二十の弟にとってまだ親の存在は必要なのだろう。二十二の深海がどんなに努力しても、親のようにはいかない。

現に今も、こうして呼び出されている。

「今学期に入って君を呼び出すのは何度目だ。お父さんはどうしてんの」

家庭の事情というやつを全く知らない担任は、残酷にも言った。

「仕事でずっと海外に…」

言い慣れた嘘をつく。

父親の不在はあまりに複雑過ぎて、説明するのももう面倒だった。

「大空は何が気に入らないのかね。相手は三年生だが、二人も殴り倒してる。君は本校でも特別優秀な生徒だったらしいが、弟の方はとんでもないやつだな。一年の時は、それでもまともに水泳部にも参加してたし、問題もなかったんだが」

担任は手にしたペンで、自分の前に用意された椅子を示す。そこに深海は腰掛け、窓の向こうに広がる夕方の空を見上げた。

「成績も下がってるよ。授業をよく抜け出してるし。あれなの。家庭に問題があるの」

「問題は何もないと思いますが」

「変な連中と付き合ってるんじゃないの。髪の毛、色抜いてるし、顎《あご》の下の髭《ひげ》。あれなぁ。高校生らしくないよ。剃《そ》るように言いなよ」

小馬鹿にしたように、担任はせせら笑った。

深海はぐっと怒りを堪《こら》える。顎髭や茶髪の高校生なんて、今ではざらだ。現にこの学校にだって何人もいる。弟のことだけを言われるのは、深海としてもおもしろくない。

「そういう年頃なんじゃないですか」

「君だってそういう年頃だろ。だけど髪の毛も普通だし、まともな格好してるじゃない。やれば出来ることをしないのは、どっか問題があるんだよ」

「…そうでしょうか」

「思い当たることないの」

「はい…」

それ以上会話は進まない。本人も来るはずなのに、いつまで待っても涼の姿は教室のドアの向こうに見えなかった。

海に行きたい。

唐突に深海は思う。

ボードに乗って、何も考えずに波の上に立てば、それだけで深海は癒《いや》された。

涼もそうだったのではないか。もう一人の弟、千尋、それに雇われ歯科医の朝川大樹《あさかわたいき》と四人、いい波が来そうだと必ず海に行った。それぞれのボード、それぞれのウェア。どこにいても見間違うことはない。波間に何人のサーファーが漂っていても、彼らの姿はすぐに見つけられる。

みんないつでも笑っていた。うまく波に乗れた時の歓声が蘇《よみがえ》る。波の音に混じって聞こえる、涼と千尋の一際高い声は、深海をも幸福な気分にしてくれるのだ。

「こねぇな。このままじゃ停学処分になっちまうよ。確かに相手の三年も悪いかもしれないけどさ。こっちとしても、はいそうですかって訳にもいかないのよ」

担任の辛辣《しんらつ》な言葉に現実に引き戻されたが、返す言葉も思いつかない。確かにこの場に呼ばれているのに来ないのは、涼の方にも非があると認めているようなものだ。

「よく言って聞かせますから」

「そうだな。君で駄目なら、誰か親戚《しんせき》の叔父さんにでも頼みなよ。いるんだろ」

「ええ…」

これも嘘だ。母の兄弟はすでに亡くなっている。父にどんな親族がいるのかは、まったく知らされていない。けれど深海はこの場を早く抜け出したくて、巧みに嘘をついた。


教室を出て、再び車に戻る。すると車の影に座り込んでいる男の姿を発見した。

「涼、お前、何で教室に来なかったんだ」

身長百七十五の深海より、十センチ近く大きく育った弟は、兄の顔を見てにやっと笑う。短めの髪はかなり茶色くなっていて、顎にはぼそっと髭があった。十七になったばかりとはとても見えない。二十二の深海よりも年上にさえ見える。

「怒られた？　つうか、嫌みったらしくぐちぐち言われただろ」

「…分かってて逃げやがって。どうする。このままじゃ停学くらうぞ」

「いいって。べつにぃ…どうってことねぇよ」

立ち上がると涼は、ズボンについた泥を払った。

暑いのか上着は脱いでいる。白い長袖のワイシャツの袖はたくし上げられていて、筋肉のついた逞《たくま》しい腕が覗いていた。

この腕で殴られたのだ。やられた相手もさぞや痛かっただろうと、深海は苦笑した。

「話は家で聞く。どうする？　乗ってくか」

深海はドアにキーを差し込んだ。

「いい。バイクで帰るから。学校にバイク置いとくと、何されっかわかんねぇからな」

自分のせいで深海が呼び出されたというのに、まったく反省している様子がないのに呆れる。けれどそれはいつものことだった。

「涼、何かあるんなら正直に言えよ。俺じゃ、相談相手になれないか？」

「……別に、ニィに相談することなんてねぇよ。悪かった。迷惑かけてさ」

口調はいつものように、深海のことをニィと甘えた呼び方をしながらも、妙に大人びた表情を浮かべると、涼は駐輪場の方に向かって歩き出していた。

広い肩幅を誇る男らしい後ろ姿を見送りながら、深海は複雑な思いを抱く。

母をとても愛していたが、恨みたいことが一つだけあった。

どうして自分達を残して、さっさと死んでしまったのだろう。

病気だったのだから仕方ないといえば仕方ないが、それでも時々寂しくなる。

あの太陽のような母がいれば、すべては何事もなくうまくいくはずなのに。

数分の駐車で、車内はかなり暑くなっていた。それでもクーラーには頼らず、深海が窓を全開にして海沿いの道を走り出すと、すぐにバックミラーに涼のバイクが映った。

しばらくそのままで走る。視界に入る海は綺麗な青で、目の前には江ノ島《えのしま》がくっきりと浮かび上がっていた。夕日が江ノ島の片側を赤く染め上げている。空には夕方の補食に忙しい鳶《とんび》が無数

飛び交い、時折ぴーっと甲高い声で鳴くのが聞こえた。

見慣れた風景にほっとすると同時に、嫌なことはすぐに忘れた。こういう大らかなところは、母譲りだなと思う。波に乗れば、やなことなんてみんな流れていっちゃうさ。そう言って笑っていた母の姿を思い出す。

そんな母が残してくれたのは、サーフボードを巧みに操って波に乗る技術と、鵠沼《くげぬま》の海岸沿いに建てられた歯科医院だった。

自宅が見えてくる。まだ診療時間なので、表の駐車場には来客の車が入っていた。深海が裏手の駐車場に車を停めたと同時に、涼のバイクも続けて入ってきた。

「おせぇぞ。いい波が立ってるのに、何やってんだ」

裏口から自宅に入ろうとしたら、いきなりきんきんとした声が頭上から降り注いだ。顔をあげると、二階の窓から千尋が顔を覗かせていた。

潮で洗われた長めの毛に、片耳ピアス。肌は真っ黒に焼けている。見るからにサーファーのこの弟は、実際にプロとしてデビューしていた。確かに一番うまい。

プロ顔負けのサーファーだった母は、歯科医としての腕のよさとサーファーとしての技術と二つの才能を持っていたが、その両方を兄弟にうまく振り分けたのだろうか。

「涼、早く着替えろ。オレ、先に行くぜ」

「チィ、待ってろよ。今行くって」

ばたばたと涼は家に駆け込んだ。慌てて脱ぎ散らした涼のローファーを片づけてやりながら、深海はちらっと表の診察室の方の様子を窺《うかが》う。この暑さだ。大樹もきっと患者なんて放り出して、海に飛び込みたい気分になっていることだろう。

「ニィ、いかねぇの？」

すでにウェットスーツ姿の千尋が、ばたばたと階段を駆け下りてきた。

「俺、今夜は飯当番だから、パスッ」

「おっ、ニィが当番だとうまい飯が食えるな。オレ、チンジャオロースがいい」

「ばーか、チィ。おれはピーマン嫌いなんだよっ」

小さな海パンだけの格好で、涼がいきなり部屋から顔を出して叫んだ。

「ニィ、ハンバーグ作って」

「うるせぇっ、お子さまがっ。ピーマンだっ。ピーマン、喰いてぇっ」

叫びながら千尋は、表に飛び出していった。

ボードを掛けるフックのついた自転車に、早速自分のボードを乗せている。交通規制の多い車を使うよりも、自転車の方がずっと楽に海に出られる。潮風にさらされて汚れた自転車は、彼らにとって大切な足だった。

「早くしろーっ。陽が沈んじまう」

「今、行くって」

足だけウェットスーツに突っ込んだ格好で、涼も飛び出していった。

こんな姿は昨日までと何も変わらない。なのにどうして、学校で度々暴力事件を起こすのか。

深海は二人の自転車が道路に飛び出していく様子を見送りながら、ほっとため息をついた。


「おっ、いい匂いがするな。ピーマンの肉詰めか」

キッチンに立つ深海は、低い声に振り返る。診察を終えた大樹が、白衣のままでどかっとダイニングテーブルについたところだった。

「苦肉の選択」

深海は笑いながら、サラダに使うレタスをむしった。

「また呼び出されたって」

慣れた様子で、勝手にインスタントのコーヒーをいれながら、大樹はそれとなく深海に尋ねる。

四年前から雇われ歯科医として勤める大樹は、すでにもう家族同様だった。母が死んだ後も、そのまま残って信じられないような薄給で働いてくれている。いずれ深海が医師免許を取って、正式に歯科医院を継ぐまではこのままでいいと頑《かたく》なに譲らなかった。

おかげで医院は順調に経営を続けている。受付と歯科技工士を務める二人の女性も、母の代からそのまま残ってくれていた。

「停学かも…」

「停学ーっ。まーた、何やったんだ」

「三年、二人殴り倒したって。一人は鼻の骨折れてたみたいだ」

ため息とともに深海は打ち明けた。

大樹がいてくれて、こんな時は本当に助かる。今年二十九になる大樹は、深海がもっとも信頼出来る大人の一人だった。

「一学期に入って何度目だ。どうしたんだ、涼のやつ。女にでもふられたか」

伸び放題のくせっ毛をかき上げながら、大樹はにやにやと笑った。

「やりたい盛りだからな。しょうがねぇなぁ」

「そんな理由ならいいけどね」

大きな木製のボールに、形よく生野菜を放り込みながら、深海はじっと物思いにふけった。

「どうした、深海…」

「うん…マーがいたらなって、こんな時には思うよ」

「しょうがないさ。いなくなっちまったんだから」

「…大樹は…マーが好きだった?」

顔を上げて後ろを振り向いた深海は、じっと自分を見つめていた大樹の視線に気がついた。その視線はいつも優しい。時々、本物の兄のように感じてしまう。

大樹がなぜ薄給覚悟でここに勤めるようになったのか謎だ。大樹のことは以前から知っていた。

母のサーファー仲間の中に、まだ高校生だった大樹の姿を何度か見ていたのだ。その後この家にもよく顔を出すようになり、歯大に通っている間も一緒に波に乗っていた。

もしかして大樹は母を好きだったのではないかと時々思う。遅くに子供を作った母は、大樹の実の母親とたいして年も違わないが、そう思わせる雰囲気がどこか二人の間にはあったのだ。

「好きだったよ。マーはいい女だった」

照れもせずに大樹は堂々と言った。

「年もずっと上だったしな。恋愛っていうのとは違うだろうけど、マーが、大空真澄《ますみ》って女が好きだった。深海はもう覚えてないだろうけど、高校時代、ボードをぶつけて歯を折ったんだ。その時、休日でどこも歯医者なんてやってなくてな。血がだらだら出て、まいってたら」

「覚えてるよ。マーがウェットスーツのまま診察した高校生だろ。いつものことだけどね。この辺りのサーファーの間じゃ、ボードぶつけて歯を折っても、どっかの浜でマーを見つけたら、すぐに診《み》てもらえるって有名だったもんな」

サーファーだったら、母は金を貰える保証がなくてもすぐに診察した。たとえ滅多にないようないい波が来ていても、ウェットスーツ姿で、濡れた髪のまま診察していた。そんな母が、深海にとっては誇りだった。

「大樹はさ。マーのためにここにいてくれるの。だったらすまないと思ってる。もう十分に自分で開業出来るのに、俺達の犠牲になっちまって」

「犠牲なんて思ってないさ。自分で開業したって、順調にいくとは限らないしな。お前らといるのは楽しいし」

大樹は煙草を銜《くわ》えて、深々と吸い込んで火を点《つ》けた。眉を綺麗に整えた二人の弟を見慣れている目には、濃い眉がずっと男らしく見える。深海は写真も残っていない実の父親がこんな顔立ちだったら良かったのにとふと思った。

「涼にとって、俺達はやっぱり本当の家族じゃないのかな」

ついに深海は、一番言いたくなかったことを口にする。

その問題は、いつだって誰もが触れたくない話題だった。

町の人々に愛され、サーファーの間でも人気者だった母に、唯一の汚点があるとしたら涼のことだったろう。

「俺達兄弟は、涼を本当の家族として受け入れたつもりなのに…」

「家族さ。何も深海が心配するようなことじゃない。きっと女だろ。つまんない問題さ」

わざと明るく大樹は言う。

けれど深海は、すっかり暗くなった窓の外に視線を向けながら、三年前のあの日を思い出していた。

大学に入学したその年に、母が癌《がん》で倒れた。思ったよりも病気の進行は早くて、二度の摘出手術も間に合わずかなり危険な状態になった時に、深海は一通の手紙を母から預かった。

知らない名前の宛先が書かれた手紙を投函《とうかん》して一週間後、母は亡くなった。慌ただしい葬儀の時に、深海は一人の学生服姿の少年に呼び止められたのだ。

「大空…深海って、あんた…」

深海よりも背の低い、痩せた中学生だった。

「そうだけど…」

自宅には葬儀社の人間が入って葬儀の準備をしている。高校生の千尋は泣いているばかりで何の役にも立たない。唯一頼りになる大樹が、葬儀社との打ち合わせを深海に代わって引き受けてくれていた。

「何の用。今ね、葬式の準備で忙しいんだ」

哀しみよりも、長男としての責任感から深海はまだ冷静だった。泣いている千尋を羨《うらや》ましいと思うが、自分まで泣いている訳にはいかない。精一杯気を張っている時だけに、少年の出現は苛立ち以外の何物でもなかった。

「これ…マーが、見せろって」

「…マーが？」

おずおずと少年が差し出す紙を見て、深海の眉は曇る。こんな忙しい時にと思っても、母の名前を出されれば受け取らない訳にはいかない。

「何だ…これ」

見ると戸籍抄本《こせきしょうほん》のコピーだった。

そういえば死亡届をまだ役所に提出していないなと思いつつ、戸籍抄本を見るとはなしに見ていた深海は、その内容に何度も何度も文面を確かめずにはいられなくなっていた。

「えっ…何、これ」

おかしい。こんな筈はない。

そう思って何度確かめても、答えは一つしかない。

「どういうこと…君…俺の弟なのか」

「そういうことだよ」

少年はそれだけぽつっと言った。

何枚かのコピー。それによると、母は一度父と離婚している。そうして別の男と再婚して、その男の息子である涼の継母になっていた。さらにまた何年かして、母は再び涼の父親と離婚して深海と千尋の父と復縁しているが、その時に涼を自分の子供として入籍していた。

「えーっ、これっていつのことだ」

四年間の間に、戸籍はめまぐるしく変わっていた。大学入試の時には、手続きをすべて母がやってくれていたので、深海も涼が入籍されていたなんてまるで気がつかなかったのだ。

「君の…お父さんは？」

「今、刑務所。だからマーが手紙で、ここに来るようにって」

さらに少年、涼は先日深海が投函したばかりの手紙を差し出した。

そこには見慣れた母の文字で、驚くべき内容が書かれていた。

『あたしももうそんなに長くありません。あなたを見守ることが出来なくなるから、涼君を大空の家に引き取ります。すぐにこっちにいらっしゃい。面倒なことはすべて弁護士の先生に頼んでありますす。法律上は何も心配ありません。二人の息子、深海と千尋も、喜んで涼君を家族に迎えるでしょう。すぐにこちらの病院に来てください。二人の息子に会わせるから…』

それ以上は読むことが出来なかった。

母は病室でこの手紙を書いたのだろう。筆跡は乱れているし、内容も急いで書いたせいかいつものようにうまくまとまっていない。

「お父さん、君がここに来るって知ってるの」

「親父は刑務所にいるから、知ってもどうすることも出来ないんだよ。手紙に書いてあっただろう。マーが死んだから、おれ、ここに来るしかないんだって」

「待てよ。ちょっと待ってくれ。そんなこといきなり言われたって、よく分からないよ」

深海は運び込まれる棺《ひつぎ》をじっと見つめた。サーファー仲間や隣近所の人間が、黒の礼服姿で葬儀社の仕事を助けている。深海も入学式のためにと誂《あつら》えたスーツ姿で大人達に混じって葬儀の準備を進めていたが、この瞬間は一人になって、本来の子供らしさのままに浜辺で声をあげて泣きたいと思っていた。

「どうしてもっと早く…マーが生きてる時に来なかったんだ」

「……」

涼は返事に詰まった。ただ俯《うつむ》いて、じっとしている。

「これまで君、どこに誰と暮らしてたんだよ。まさか一人ってことはないだろ」

「一人…だったよ。たまに、マーが来てくれたけど」

「いつ、いつ、マーが会いに行ってたんだよ。いつだって診察で忙しくて…」

けれど深海にも、母がこの少年と会っていないと確信はない。高校時代は受験勉強で忙しくて、母が休日に何をしているかなんて興味も示さなかった。

千尋だってそうだろう。すでに高校生サーファーとして注目されるようになっていたし、休みには二人ともほとんどバイトと海で暮らしていた。自分達の生活が忙しすぎて、母の生活にはまったく干渉していない。

「マーがいる時に…会ってたら」

思ったよりもずっと、死神の足は速かったのだ。涼を呼び寄せ、二人の兄に引き合わせる暇もないほど、死神は仕事を急いでいた。

「おれ…ここで引き取ってもらえなかったら、中学卒業するまで施設に行くんだ。それでもいいんだけど…お線香だけあげてもいい？」

涼はすがるような眼差しを向けた。

深海はその浅黒い、彫りの深いはっきりとした顔立ちにじっと目を注ぐ。

「本当のお母さんは？　いないの」

「フィリピンにいるけど、向こうでもう結婚してるから…」

「そうか…」

ますます分からなくなった。

フィリピンの女性と結婚して、その後刑務所に入ることになるような男と、母はいったいどこで接点を持ったというのだろう。その子供まで引き取るくらいだから、愛し合ってはいたのだろうが。

何もそんな男と結婚しなくても、母にはいくらでも男が出来ただろう。化粧もしないで、波に洗われてばさばさの髪をした男まさりの女だったが、笑顔が太陽のように輝く美しい女だった。今は五十を僅《わず》かに過ぎてしまったが、それでもまだ十分に三十後半と誤魔化せるだけの体と美貌を誇っていたのだ。

それがどうして…。

深まる謎を前にして、深海は呆然と立ち尽くすしかなかった。

「チィに…弟の千尋に紹介するのは、もう少し後でいいか。あいつ、すっかりまいってるみたいだから」

大樹に縋《すが》りついて大泣きしている千尋にこんな話をするわけにはいかない。

「いいよ…帰れって言うんなら、帰ってもいい。区の福祉相談所だっけ？　そこに行けば手続きしてくれるって聞いたんだけど」

涼は諦めたように言った。

その言い方が余りにもあっさりとしていたので、ふと深海は、涼がすでにその年で、これまで幾度も諦めを経験しているように感じ取った。

父は不在だったが、深海達兄弟は生活にも困らず、幸せに育てられていた。母は躾《しつけ》に厳しかったが、誰よりも二人のことを理解してくれて、好きに生きるように認めてくれたのだ。

そのせいか深海は諦めたことがない。水泳でも結果を残せたし、歯大にも現役で合格した。努力をすれば、叶わない夢はないと教えられて育ったおかげで。

だからこそ余計に気になった。

何かがある。

涼にはきっと一言で語れない、深い事情があるのだ。

突き放す方が簡単だ。それでも出来ないのは、涼が持ってきた母の手紙と、誰に対しても優しかった母だったら、決してここで涼を見捨てたりはしないという思いからだった。

「帰らなくていいから…手伝って」

「いいの。おれ、何すればいい？　何かすることある」

「通夜《つや》の時、眠らないで側にいてあげるんだ。悪霊が…マーの魂を苦しめないために」

そこで初めて、深海は涙を零《こぼ》した。

母を誰よりも愛していたのに、最後に残されたのは酷い裏切りだ。それでも母を憎むことなんて出来なかった。

「泣かないで…おれのせいなんだったら、謝るから」

涼は深海の手をそっと摑んだ。

その手は温かい。生きている人間の温もりだ。

「マーったら、最後にとんでもないプレゼント、置いていきやがって…」

巧みにサンタクロースがいるように見せかけた母。まだ二人の兄弟が幼い頃、不在の父が外国にいると信じ込ませるために、遠くから送られてきた父名義の誕生日プレゼント。すべて母の仕組んだことだと知った後でも、母を憎む気持ちにはなれなかった。

あれと同じだ。

いきなり弟をプレゼントされても、深海は母を憎めなかったのだ。

「おいで…マー、まだ綺麗だよ。花に埋もれてて…寝てるみたいなんだ」

涼の手を引いて、運び込まれた棺に近づく。棺の顔の部分だけが開かれていて、そこに普段は決してしなかった化粧を施された母の顔がのぞいていた。

「……」

その顔を見て、涼は黙って手を合わせる。

周りにいる人間は皆忙しくて、葬儀にいきなり訪れた中学生のことを詳しく詮索《せんさく》している余裕などなかった。元患者か親戚の子供だと思われていたのだろう。深海の側にずっとついて、言われたことを忠実に手伝っている。何人かが名前を聞くくらいはしたが、それだけで終わっていた。

通夜の席で、いつまでも帰らずに深海の傍《かたわ》らに寄り添う少年を見て、最初に不審に思ったのはやはり千尋だった。

ようやっと泣きやんだ千尋は、どうして深海が一人の少年をずっと側にいさせるのか不思議に思い大樹に尋ねる。けれど何も知らされていない大樹にも、答えられるはずはなかった。

「ニィ。さっきからずっといるけど、そいつって誰？」

真っ赤に泣きはらした目で、千尋はじっと少年を見つめる。

痩せてはいるが、骨格はしっかりしていた。肌は浅黒く、目鼻立ちのはっきりとした顔をしていて、人目を惹く美しい子供だった。

千尋の目には嫌悪感が滲み出ている。母親にそっくりな顔立ちをしている千尋は、都心に出て街をふらつく度に、業界のスカウトに必ず一度は声を掛けられるほどの華やかな美貌を誇る男だった。けれど負けず嫌いで、自分より美しい男にはあからさまな敵意を向ける。

まだ中学生の涼に、千尋はいきなりの敵愾心《てきがいしん》を向けたのだ。

「お前…何でニィにひっついてんの？」

深海が泣いている千尋を放っておいて、少年ばかりを構っているのも気に入らない。

千尋にとって、同じように母譲りの美しい顔立ちをしていても、そんなことには興味を持たず、真面目に勉強や水泳に打ち込む兄は、最愛の存在だった。その兄が母を失った大変な時に、自分以外の人間ばかりを見ている。

許せるはずもなかった。

「今は詳しく話してる暇がないんだ。チィには後で話すから」

「何だよ。中ボーだろ。もう夜だぜ。親戚でもないんだから、さっさと帰れ」

深海の言葉に耳も貸さず、千尋は喧嘩腰で言った。

「黙ってろよ。通夜なんだ。静かにしてるってことが、お前には出来ないのかよ」

負けずに深海も言い返す。

兄弟といっても、性格はまるで違う。何でも一度は自分の中に収めて、深く考えてからでしか行動出来ない深海と違って、千尋は感情の赴《おもむ》くままに泣き、喚き、笑う。それが羨ましいと思う反面、こんな場面では腹立ちの原因になった。

「通夜だからやなんだよ。関係ない人間になんていて欲しくない。ここにいるのはみんな身内だ。マーをよく知ってるやつらばっかりだ。そいつのことなんてオレは知らない」

「…そんな言い方するな。この子は…俺達の弟だ」

「……ニィ、ふざけてんの」

「……」

こんな厳粛《げんしゅく》な場面でふざけるような兄ではないと、千尋だって知っている。それだけにその顔から見る見る血の気が引いたと思うと、続けて今度は一気に赤くなった。

「弟って何だよ。マーが妊娠したのなんて、見たことないぜ」

「マーが…引き取ると決めたんだ。この家に…来るように」

「嘘つくなっ！　いつオレ達に弟なんて出来たっていうんだよっ。マーの子供はオレ達だけだ。こいつ、金目当てで来てるんだろう」

「黙れっ！　マーが呼んだんだ。俺達がこれからは面倒みるようにって」

「そんなの嘘だっ！」

突然千尋は、深海に殴りかかってきた。その場にいた大人が慌てて二人を引き離す。驚いたのは彼らも同じだろう。全員がそれまで興味もなかった中学生に注目していた。

「君がマーの子供だっていうのは…本当なのか？」

その場で一番冷静に見える大樹が、思わず涼に聞いていた。

「この紙を見せればいいって…弁護士の先生にも、話してくれてるからって…」

兄になるはずの二人の男が目の前で殴り合っているというのに、涼は醒めた様子でコピーされた戸籍抄本を大樹に見せる。

「血は…繋がってないんだ。戸籍上は…母親になってくれたけど」

「確かに母親にはなってるが…。あのマーが、こんな大切なことどうして一言も俺達に言わなかったんだろう」

大樹の言葉は、その場にいた全員の気持ちだった。大空真澄という女性を知っている人間なら、こんなことをしながら一言もうち明けなかったこと自体が信じられなかったのだ。

「おれ、金目当てじゃないよ。通夜に出れたからそれでもういいです。明日、施設に入る手続きしてもらうから。お兄さんが二人いるっていうのは聞いてた。会いたかっただけだよ」

涼は大人びた微笑みを浮かべて、押さえられている二人の兄を見比べる。その顔には満足そうな表情が浮かんでいた。

「マーの言ってた通りだ。二人とも、素敵なお兄さんだよね。話だけ聞いてて、ずっと会いたいって思ってた。だから…もういいよ。喧嘩しないで」

涼は手紙とコピーを畳《たた》むと、学生服のポケットに入れる。そのまま立ち上がり、去ろうとするのを深海は慌てて背後から抱き留めた。

「行くなっ。行かなくていい。ここにずっといていいんだよ。君は…残された俺達への、マーからのプレゼントなんだから…」

「いらねぇって。そんなプレゼントなんていらねぇっ。オレは絶対に弟なんて認めないかんなっ。出てけっ、馬鹿野郎っ」

泣きながら千尋は叫ぶ。

だが深海は、涼を強く抱き締めて、行かせようとはしなかった。

「俺が面倒みてやるから…大人になるまでここにいていいんだ」

「いいの。本当におれなんかがここに住んでもいいの」

「いいんだよ。チィだってそのうち分かるさ。今は…みんな哀しくて、何も考えられないだけなんだ」

抱き寄せた涼の体からは、海の匂いがまるでしない。少年らしい、日向《ひなた》の匂いすらしなかった。

それが余計に、涼の住んでいた世界が自分達と違っていたことを思わせる。引き取って果たしてうまくいくのか、不安はあったがもう深海は後戻りするつもりはなかった。

あれから三年。

変われば変わるものだと深海は思う。

「腹減ったー。海草喰っちまいそうだったぜ」

玄関から千尋の甲高い声が響いた。

「大樹、残念だったねぇ。まーた仕事中にいい波が来てて。日曜はべたなぎだぜ。悔しいだろ」

奥に向かって千尋はわざとのように叫んでいた。

「いい波だった。ほんとーにいい波だったぜ」

「チィ、もういいから早く風呂場行けよ。ウェット脱いだら寒いだろが」

ばたばたと二人が玄関脇の風呂場に飛び込む音が聞こえる。深海は二枚のバスタオルを手にして、風呂場に向かった。

大きさの多少違うウェットスーツが、仲良く外に吊るされている。風呂場からはシャワーの音に混じって、互いの失敗を笑い合う声が外にまで聞こえていた。

「あーっ、こいつ、またチンチンでかくなりやがって。涼、てめぇ、肉ばっかり喰ってるからだ」

「ピーマンいくら喰ってもな。こいつはでかくならないんだぜ」

「あっ、弟のくせにっ、可愛くねー。背もオレよりでかくなりやがって」

「だろ。ピーマン喰っても、背は伸びない」

「ばーか、頭の中身はピーマン並みのくせによぅ」

ばしゃばしゃと弾ける水音が続けてした。

深海は微笑みながらバスタオルを置く。

最初はひどく涼のことを拒否していた千尋なのに、今では誰よりも遠慮なく涼に接している。ストレートな性格だけに、受け入れると決めたら思ったよりもずっと楽だったようだ。

かえって深海の方が、どこかで涼と距離を置いている。本当の兄弟だとは今でも思えない。母の残していったものを、成人まで責任持って預かるといった気持ちの方が強かった。

歯科医院も自分が継ぐまで何とか守る。千尋はあの通りまだまだ子供のままだが、どうにかプロのサーファーとしてやっていけるようになった。残された問題は、涼が自立出来るまで育てることだけだ。

深海が金のかかる歯大に行ったためにか、千尋は進学しなかった。大学に行く金があるのなら、世界の海に行かせてくれと平然と言い切って。

本人が信念を持ってプロのサーファーになるつもりなら、深海にはそれ以上何も言うことは出来ない。

だが涼はどうするつもりだろう。家に来たばかりの頃は、勉強もあまり出来なかった。それをつきっきりで面倒見てやって、どうにか自分が通った高校に進学させたのだ。

何かやりたいことがあるのなら、喜んで手伝ってやるつもりなのに、最近の涼からは将来の希望も進学先も、具体的な話は一切聞こえてこなかった。

涼ももう十七だ。進学させるならその用意もしなければいけない。

「問題の原因は…女か…」

風呂場の曇りガラスのドアに映る、逞しい涼の裸身をちらっと見て、深海は思わず視線を吸い寄せられた。

足が長く、広い肩幅をしている。毎日のように泳いでいるせいか、良く発達した筋肉が胸についていた。男の深海から見ても魅力的な肉体をしている。女が見たらそそられる体だろう。

その気になって声を掛ければ、いくらでも女が寄ってくる。

涼もついに大人の男になったのだろうか。

あれだけに育ったのだ。遅すぎるくらいだろう。

兄としてはそれとなく聞き出すべきだろうかと、また深海は悩み出す。けれど涼が女を抱いている場面など、想像するのさえ嫌な気がした。

「おいっ。いつまでふざけてんだ。飯、出来てるぜ」

思いを振り払うように明るく声を掛ける。するとドアが開いて、涼の裸が目に飛び込んできた。

「ニイ、ハンバーグ作ってくれた」

「悪いが…我が家の決まりは守ってもらう。出された飯に文句は言わない。残さず喰うこと」

「あーっ、てことはピーマンかぁっ」

バスタオルで慌ただしく体を拭うと、トランクスだけの姿で涼は深海に近づいてきた。

まだ潮の香りが微かに残っていた。深海は思わず手を伸ばして、濡れた涼の髪に触れる。

「髪の毛、ちゃんと洗わなかっただろ…」

「あっ、忘れた」

「こいつも剃れよ。高校生なんだから」

顎の髭をつっと引っ張る。すると涼は何ともいえない笑顔を浮かべた。

深海の中に当惑が生まれる。あまりにもその笑顔は素晴らしすぎるのだ。

「自分で剃らないんなら、寝てる間に剃っちゃうぞ」

「やだよ。ガキっぽく見られる」

「ガキのくせに…」

「…そうかな。もう、ガキじゃねぇよ」

真面目な顔をして、涼はじっと深海を見つめる。

なぜか息苦しさを感じて、視線を逸らして、足早にキッチンに戻っていったのは深海の方が先だった。


二階の部屋の窓を開くと、深夜に走っている車の音が聞こえる。明け方近くになるまで、車の音が途絶えることはなかった。その合間に改造されたバイクのたてる、けたたましい爆音が響く。

何台かが連なって、慌ただしく家の前を行き過ぎていった。

道路の向こうの松林を越えればすぐ海なのに、波の音は余程海が荒れている時以外は微《かす》かにしか聞こえてこない。

深海は家を出て、浜辺に行こうかなと思った。

夜の真っ黒な海を見ているだけで、心の中のもやもやしたものすべてがさらわれていくような気がする。

ゆっくりと海に沈んでいく月の光に照らされて、新たな希望を感じたいとも願っていた。

悩み事があっても、誰にも相談出来ない。いつも自分で何とか解決しようとしてしまう。

それが欠点なんだと、深海自身自覚はしていた。

母はいつだって忙しかった。頼めばいくらでも話を聞いてくれただろうが、半端ではない忙しさを知っているだけに、自然と深海は母の背中を見つめるだけで、声を掛けるチャンスを失っていった。

千尋は何でも思ったままを口にする性格だ。千尋から相談されることはあっても、まだ子供じみたところがあるから自分が相談出来る相手ではない。

大樹に話せばいい。そう思っても、所詮《しょせん》大樹は他人だ。身内のごたごたを聞かされても迷惑なだけだろうと、つい遠慮してしまう。

結局何もかも一人で背負い込んでしまうのだ。

時にそれが重荷となっても。

涼を引き取ったのは失敗だったのだろうか。

あのまま施設に送るか、どこかにいるだろう父親の親戚を探し出して、押しつけることだって出来たのだ。

なのに涼を引き取ったのは、深海のわがままからだ。

母を失った空洞を、何かで埋めたかった。

捨て犬を拾って飼うように、こいつには自分が必要なんだと思い込み、保護者になることで満足したかったのではないか。

「あいつが…大人になるんだってこと、考えないようにしてたもんな」

窓の側を離れ、ベッドにどさっと体を投げ出して、深海は天井を見上げる。

脳裏にはまだ幼さの残る涼の姿と、すっかり大人になってしまった今の姿。両方がオーバーラップして浮かんでいた。

「いつまでも子供扱いされるのは、やなんだろうな」

母は決して自分達を子供扱いしなかった。子供にも人格はあるというのが母の主張で、いつだって決定権は自分にあると教えられてきた。

なのに涼を、無理して自分の通っていた高校に行かせたのは深海の独断だ。水泳部にも入るように勧め、何もかも自分と同じようにさせようとした。

決して口にはしないけれど、涼はそれが不満なのではないか。

千尋のように初めから、オレはニィとは違うと言い切れるだけの立場ではない。生活の面倒を見てもらい、進学の資金をすべて出してもらう立場上、涼には選択は許されなかっただろう。

深海は自分の幼さを恥じる。

大人の男にほど遠い、未熟な自分を悲しんだ。

知らない世界に行かせるのが不安だった。自分のよく知っている安全な世界に、涼をずっと置いておきたかったのだ。そうすれば何の心配もないと信じて。

けれど深海の知っている世界なんて、本当に狭い範囲でしかない。目の前に広がる湘南《しょうなん》の海と、通っている学校の範囲にしか世界はないのだ。そこに無理矢理閉じこめようとしたことが、涼が行き場のない不満を他者にぶつけるようになった原因なのではないか。

「俺にとっちゃ、湘南の海で生きるのは誇りなんだけどな…」

毎年必ずニュースにもなる湘南の海開き。新聞のトップ記事にもなる海岸の賑《にぎ》わい。観光客に遊びの場としての海を提供しながら、地元の若者は海を美しいまま守るために働いている。

漁師のように海から生活の糧《かて》を得ているわけではないが、深海達サーファーは海から多大な楽しみを与えられている。それに報いるために、海をより安全で楽しいものにするためにライフセーバーの活動に参加していた。

ライフセーバーになるには、資格が必要になる。まずは基本となる泳力と体力が最低条件だ。

それを満たすには、高校の水泳部で鍛えられるのが一番手っ取り早い。

自分も千尋も、歩くよりも先に泳いでいたのではないかと思えるくらい、小さな時から泳いでいたが涼は違う。サーフィンを安全に楽しむためにも、涼にはもっと泳ぐことを学んでもらいたいと思って、高校も水泳部のあるところに行かせたつもりだった。

深海にとっては、ライフセーバーであることは誇りだ。涼も同じように思っていずれは参加して欲しいと願うのは、やはりわがままなのだろうか。

十四年間知らない場所で育った涼を、自分達とまったく同じように暮らさせることに無理があるのかもしれない。過去に何があったのか、自ら語ることのない涼に詳しく突っ込んで聞くことも出来ない深海には、さらに今の状況に満足しているのかと確かめる勇気は到底なかった。

目を閉じると、賑わう夏の海辺が思い出される。

カラフルなパラソルが立ち並び、子供達の歓声が波間に響いていた。一日中浜辺には放送塔から音楽が流され、その合間に誰かが自ら持ち込んだのだろうCDプレーヤーから、別の曲が聞こえては調和を乱す。

寝そべる水着の女性達。その姿をちらちらと見ながら、口元を弛《ゆる》めて通り過ぎる男達。

真っ白な肌を恥ずかしそうにしている父親。体型が崩れた水着姿を恥じている母親。その傍《かたわ》らで無心に砂を積み上げる子供。

波間に浮かぶボートと、小さなボードや浮き輪に摑まってぷかぷかと漂う人達。

視界には毎年、同じような姿が入っては消えていく。

監視塔の上に立ち一日海を見下ろしている自分の姿を思い浮かべているうちに、深海の手は自然とパジャマのズボンの中に入っていた。

なぜだろう。

夏の海辺を思い出すだけで、性的な興奮を感じるのは。

監視の仕事をしている時は、決しておかしな気持ちになることはないし、溺れた水着姿の女性を抱きかかえて歩いていても、何も感じることはないというのに。

海から遠ざかっている時に限って、思い出すだけで欲情してしまうのはなぜなのだろう。

オイルの香料と乾いた汗の混じった匂い。微かに潮臭くて、漂白剤で消毒されたプールの水から上がった時とは、明らかに違う匂いをさせる男達の姿が脳裏に浮かぶ。

海辺を守ることに誇りを持つライフセーバーの男達。

広い肩幅と盛り上がる胸。鍛えられた足腰と太い腕。

よく陽に焼けた後ろ姿は、誰とは特定出来ない。

なぜ彼らの姿を思い出すのだろう。

水着の美女ではなくて。

「あっ…」

深海は手の中に、熱い熱を感じる。自分の体の中で波立つものが、出口を求めて押し寄せてきていた。

ぬめぬめとした感触に助けられて、手の動きは自然と早くなる。

「ああっ…」

走った後のように呼吸は荒くなり、薄く目を見開いても視界はぼんやりとしていた。壁に貼られた世界チャンピオンのサーファーの写真が、ゆらゆらと動いているように見える。

自分がそこにいるようだ。大きな波の頂上に立つ。やったと思ってもバランスを崩したら終わりだ。頭から海中に落ちる羽目になる。

いく瞬間、波間に落ちるのと同じ思いが襲いかかるのだ。楽しみを引き延ばせない悔しさと、一抹の寂しさを味わうことになる。

大きな波が来ていた。乗ろうとしたらいきなりドアが開いて、深海は浜辺に全裸で打ち上げられた時のようにうろたえていた。

「涼！ ばかっ、人の部屋に入る時は、ノックくらいしろ」

Tシャツにトランクス姿の涼が、ドアに凭《もた》れてじっと深海を見つめていた。慌てて深海は毛布で下半身を隠すと、くるっと壁側に体を向けた。

「手伝ってやろうか…。半端なまんまじゃ気持ち悪いだろ」

「ふざけんなっ」

もそもそとパジャマのズボンを引き上げる。先端を派手に濡らしただけで不発に終わったことに抗議するつもりか、興奮した状態はまだ鎮《しず》まらず、深海はじっと壁紙を睨みつけてどうにか呼吸を整えた。

「ニィもするんだな…」

「当然だろっ。男なんだから」

「だよな。…なのにどうしてカノジョとかいないの」

涼は遠慮するつもりもないのか、部屋に入ってきてベッドの端に腰掛ける。ぎしっとベッドがきしんで、深海はすぐ近くに涼がいることを知った。

「勉強が忙しいんだ。遊んでる時間なんてない」

深海だっていくらでもチャンスはある。ボードを担《かつ》いで海に出れば、積極的な女の子が声を掛けてきた。ライフセーバーの仕事をしている時だってそうだ。電話番号を聞かれるのはいつものことだ。

なのに深海に女は出来ない。作らないと言った方がいいのか。

「高い授業料払って、大学行ってるんだ。期間内に資格取らないといけないんだから…女と遊んでる時間なんてないよ」

「ふーん…。邪魔しちまって悪かったな。俺なら気にしなくっていいから、続けなよ」

「バカ…ヤロー。人に見られて出来るかっ」

どうにか欲望は鎮まった。深海はくるっと振り向く。それを合図のように、涼は毛布をはぎ取り、深海の横にその長身を横たえた。

「涼…てめぇ、何してんだっ。自分のベッドで寝ろよ」

「いいじゃん。ここに来たばっかの頃はさ。いつも一緒に寝てただろ」

深海の枕に頭を乗せ、じっと涼は深海を見つめる。その顔は寂しそうだ。

「あの頃は…まだマーの部屋が片づいてなくって、お前の部屋がなかったからだ。狭い家だかんな。客間なんてないし。病院の待合室で寝かせるわけにもいかないだろ」

まだ涼が痩せた少年だった頃には二人でも十分に寝られたベッドも、今になるとほとんど身動きも出来ないほど狭い。自分が壁側になってしまったことで、深海には逃げ出す自由もなかった。

「マーが使ってたベッドはでかいだろ。俺達のと違って」

涼を追い出そうと、深海は無駄な抵抗を試みる。手で押してはみたのだが、深海よりはるかに重さのあるその体はぴくともしなかった。

「何だよ。人の安眠を邪魔するつもりか」

「安眠のついでに、一人エッチまで邪魔しちまった」

怒ろうと思ったが、いつの間にか深海は笑っていた。欲望が治まってしまえば、どうということもない。そこは男同士の気楽さだ。生理現象を見られただけだと、笑って誤魔化せる。

「言いたいことがあるんだろ…」

「んー」

涼はすぐには答えずに、まだ深海を見つめていた。

「原因…何だった？　殴った原因だよ」

「…ああ、あれ。知り合いの女の子がさ。遊ばれてたみたいだから、ちょっとね」

「ちょっとでお前は殴るのか」

「殴らないとわかんねぇバカだからさ」

反省している様子はまったくない。深海は呆れるしかなかった。

「ニィには悪かったと思ってるよ。それが言いたかっただけ」

「それだけじゃないだろ。水泳部にも出てないし、成績も落ちてるって？」

狭いベッドの中は、互いの体温だけで暑苦しい。窓からの涼風だけが、二人に冷静さを呼び戻す手伝いをしている。

深海はここは家長らしく、がつんと涼を叱らないといけないと構えていたが、涼の方はその名前同様、涼しい顔でいるばかりだ。

「どういうつもりだ。無理に進学しろとまでは言わないけど、高校くらいはちゃんと卒業してくれよ。そうしてくれないと…」

俺が辛いんだという言葉を、深海は無理矢理飲み込む。

強制するのは良くないとさっき考えた筈だ。なのにまた同じことを繰り返しそうになっている。

「自分の人生なんだからさ。好きに生きてもいいんだけど。就職戦線、厳しいだろ。チィみたいに波間でぷかぷかやってるだけで生きていけるやつは、そういないんだぜ」

「…分かってる…。ごめんな、心配ばっかかけて」

それだけ言うと、涼は黙り込んでしまった。

またいつもと同じだ。深海にはそれ以上強く言うことは出来ない。うやむやのうちに、原因も分からずに会話は途絶えてしまう。

車が通らなくなったのだろう。微かに波の音が聞こえる。

海がいつもより荒れているのだろうか。

延々と続く砂浜には、砕《くだ》く岩もない。ただ波は砂を洗い、白い飛沫《ひまつ》を散らしては何事もなかったように引いていく。その繰り返しが果てしなく続くだけだ。

じっと波の音を聞いていると、普段なら眠気を誘われるのに、今夜は涼が傍らにいるせいで余計に目が冴えてしまった。寝ていても無駄だ。そう思って起きあがろうとすると、涼の腕が深海を強く押さえつけた。

「離せよ。お前が自分の部屋に戻らないんなら、勉強でもしてっから」

「もう少し、ここにいさせろよ…」

「何甘えてるんだ」

「甘えさせてくれるのはニィだけだ。いいだろ」

「なつかれてもな。こんなにでかくなっちまって、可愛くねぇ」

突き放すつもりが、涼に抱きつかれて自然とその頭を抱く形になっていた。涼は大きな体を折り曲げて、深海の胸に顔を埋めている。その髪からも体からも、微かに潮と日向の匂いがする。深海は涼の体臭に混じって香る、海の匂いを吸い込んでいた。

「この家に来てから、毎日楽しかった…」

涼は静かな声で言った。

「初めてここに泊まった夜、ニィ、このベッドで壁に向かってずっと泣いてた。他の誰の前でも、泣いてなかったのに…。おれだけがそんなニィを知ってると思ったら、おかしいよな。嬉しかったんだ」

「俺だって泣きたかったんだぜ。チィがあんなに泣きわめかなきゃ」

「ニィはチィの前では泣かない。でもおれの前では泣く。そんなことだけが嬉しかった」

ますます涼の声は小さくなる。

深海は涼がここに来たばかりの頃、一人で寝るのを嫌がっていたことを思い出していた。用意してやった部屋が、死んだマーの部屋だったのが怖かったのか。それとも辛かっただろう過去の、ひとりぼっちの生活を思い出して不安だったのか。涼は深海に抱かれて眠りたがった。

こうして涼の頭を抱いてやって、眠らせたのがつい昨日のことのようだ。

「おれ、高校卒業したら、ここを出てく。今すぐ出てってもいいけど」

深海はやっぱりそれだったのかと納得した。

涼は血の繋《つな》がりもないのに、この家で兄弟として育てられていることをすまないと思い続けているのだ。

「バカだな、涼は。遠慮なんてするもんじゃない。俺が資格取ったら、後はもうそんなに金は必要ないんだ。お前一人くらい、進学させるなんてどうってことないよ。悪いと思うんなら、働けるようになってから少しずつでも返してくれればいい」

優しい声で深海は言った。

「何も心配しなくっていいんだ。ここにいて楽しいんなら、出ていく必要なんてないだろ」

「…無理だ。おれの体には、親父の血が流れてる。ニィやチィとは違う血が流れてるんだぜ。どんなに海に入っても、体の中までは綺麗に洗い流せない。おれの中には…狂った男の血が流れてるんだ」

涼の手が突然強く深海の腕を握った。その力は痛いほどの強さだった。

「いつかニィまで傷つけちまうような気がするんだ。怖いんだよ、おれ。そうなってニィにまで嫌われちまうのが」

語尾が微かに震えていた。涼の目は真剣だ。

深海の中にも、伝染したように怯《おび》えが生まれる。

突然涼が、見知らぬ別の男のように思えてしまった。

「親父さんのこと、話して…。それで涼の気が済むなら、俺はいつでも聞いてやるから」

「話したくない…」

「いつもそうやって隠してるから不安になるんだよ。話しちまったら、どうってことなくなるかもしれないだろ」

「あんな親父のことなんて、二度と思い出したくないんだ」

「そうかな。俺には父親と暮らした経験がないからよく分からないけど、マーが一度離婚して再婚した相手だ。いいとこもあったんじゃないの」

「いいとこなんてないっ！　マーはおれを助けるために、あんなバカなことしたんだ」

父親の話になると、決まって涼は軽いパニックに陥った。そうなるとそれ以上話は出来なくなる。深海は涼を落ち着かせようと、優しく髪を撫でてやった。

「分かった。話さなくていい。けどな。出ていく必要もないんだ。俺達が嫌いじゃないなら、ここにずっといていいんだから」

階下でドアが閉じる音がした。続けて音を外した妙な英語の歌が聞こえる。甲高い声。千尋だ。

「アムア、シーメーン。ライディ、ウィーブ」

がちゃっと千尋の部屋のドアが開かれる。酔っているのだろうか。部屋に入った途端、うぉーっとわめき声が聞こえた。

「ニィ。やられたぜっ。窓、開けといたせいかぁ」

そのまま千尋は、何をパニクっているのかいきなり深海の部屋のドアを開いた。

この家にはプライバシーを尊重するという習慣はないのかと、深海は一人慌てる。この状況を見て、千尋がどう思うのか。

「何だよ…。エッチやってたの？　男同士で」

二人を目撃した千尋の言葉はストレートだ。デリカシーの欠片《かけら》もない。

「やってるわけないだろっ」

うろたえながら深海は涼を押しのけて、毛布をはいでみせた。

その瞬間、深海は見てしまった。涼の股間がつい先ほどの自分と同じ状態になっているのを。

千尋に知られたくない。咄嗟《とっさ》にそう思った深海は、涼をわざとうつぶせにしてその体の上に乗ってベッドを降りた。

「話し込んでるうちに、涼が眠くなっちまって」

「…別に隠さなくてもいいよ。涼はニィのペットなんだしぃ。可愛がり方も色々だかんな」

「そんなことやってないだろっ。自分の弟をペットだなんて言うなっ」

深海は自分のパジャマを確認する。乱れてはいないのでほっとした。そのまま千尋の前に立つと、無実を証明するように堂々と腕を組んでみせた。

「で、何がやられたって」

「あっ…そうだった。ま－た隣の猫の野郎。オレのベッドにやりやがった」

「…何を」

「猫ションニ」

「それでお前。俺にどうして欲しいわけ」

「わーるかったよ。いちゃついてる時に邪魔して悪かった。おいっ、涼。お前、そっちで寝るんだろ。だったらオレにベッド譲って。臭くって寝れねぇや」

深海の眉間がひくひくと上がった。

いつだってこの弟は、些細なことでも大騒ぎしたがる。自分一人で考えて、問題を解決しようとは決してしない。根が単純で馬鹿なんだと何度も諦めてはいるが、それでも時々はむっとさせられた。

「チィ。シーツと毛布を取り替えれば済むことだろが。匂いが取れないってんなら、さっさと洗濯してこいよ。夜中に洗濯機回したって、誰もお前に文句言わないぜ」

「やだー。楽しく飲んで、いい気持ちで帰ってきたのによ。だーれが猫ションシーツなんて、夜中に洗濯するか」

「じゃ、それを俺にやらせるつもりなのか」

「…りょーっ。りょぉーちゃんっ。お兄さまのシーツ洗ってくんない」

ついに切れた深海は、千尋の頭をごんっと殴った。

「いってぇー。何だよ。エッチしたかったら、今から続ければいいだろう。オレのことなら無視していいから」

「誰がそんなことするかっ。お前ら、みんな勝手なことばっかり喚きやがって。俺は明日午前中から大切な講義があるんだよ。自分のことは自分でやれっ。人の部屋に入る時はノックくらいしろっ。寝るのは自分のベッドでっ。いいなっ」

走った後のように息が切れる。深海はぜーぜーと肩で息をしていた。

手のかかる子供ならまだ許せる。けれど二人とも深海とたいして年も違わないのだ。いい加減に自分のことは自分で解決しろと喚きたい。

けれど深海は気がついている。必要とされることで、深海は自分を維持出来ているのだと。

彼らが完全に自立して、この家から出ていったら深海はどうするのだろう。歯科医になって病院を引き継ぐという目標はあるが、それだけで深海は生きられるのか。

誰かに必要とされたい。

深海の望みを、二人の弟は知っているのかもしれない。深海を兄として尊重してやることが、この家をうまく維持していく上で一番重要なポイントだと彼らは本能的に知っていて、毎日つまらない問題をわざとのように深海に突きつけるのだ。

それも深海への愛なんだと信じて。

裏の駐車場の上に作られた洗濯物干しに、シーツと毛布が広げて干されていた。まだ早い時間なのに太陽の光は強く、海風に煽《あお》られてカラフルなシーツがはたはたとはためいている。

「オーキング・ザ・ビーチ。オッシュ、マァイソーンドル」

変な歌を歌い続けながら、千尋は洗濯物を干す。涼のでかい派手なトランクス。深海のおもしろみのないチェックのトランクス。そして自分の小さなビキニ。その横にシャツを干す。体操服にワイシャツに靴下。やはり涼のものが一番場所を取る。

キーキーと鳴る自転車の音が聞こえた。見下ろすと大樹が、ボードを引っかけるフックのついた自転車に乗って、通勤してきたところだった。

綿シャツにベージュのコットンパンツ。もしゃもしゃと髪は乱れたままで、髭も剃っていないのかぶつぶつと無精髭が浮いている。さすがに診察前には洗面所で髭を剃っているようだが、どう見ても歯医者のイメージではない。

「大樹。コーヒー、いれてやろうか」

物干しから身を乗り出して、千尋は手を振った。

「…二人とももう学校行ったか」

「行ったー」

千尋は洗濯籠《かご》を放り投げると、ばたばたと階段を降りていった。

「ハワイコナのコーヒー。昨日開店した店で貰ったんだ」

裏の自宅用玄関から入る大樹の後に続いて、千尋は急いで家に入る。明るい戸外から戻ってすぐだと、部屋の中はしばらくの間深海《しんかい》にいるように暗く感じられた。

古びたケトルでお湯を沸かす。ドリッパーにコーヒーを用意しながら千尋は、パン籠《かご》の中身を確認していた。

「大樹。飯は？　トースト、焼く？」

名前はマンションとついているが、狭い1LDKの部屋で大樹は一人暮らしをしている。食事のほとんどはここで、三人の兄弟とともにしていた。

「ああ、焼いて」

「卵は、あっ、ハムあるよ。鎌倉ハムだ。ハムエッグにする？」

千尋はなぜか上機嫌だ。フライパンを取り出しながら、踊るようにガスレンジの上に置いている。

「なぁ千尋。涼に言ってやれよ。あんまり深海に心配掛けるなって」

新聞を広げながら、大樹は煙草を銜えて火を点ける。素早く動いた千尋は、大樹がテーブルの上に置いた煙草から一本を抜き取って、んっと突き出して火をねだった。

「綺麗な歯が、脂《やに》で黄色くなるぞ」

「今はすぐに漂白出来るじゃん」

「無駄なことさせんな。どれっ」

大樹は立ち上がると、千尋の顎を指で摑まえる。そのままくいっと上に向かせた。

「口、開いて。あーんだ、ほらっ」

「んがー」

開いた口に、遠慮なく大樹は指を突っ込んで、さらに大きく開かせた。太い指先が千尋の口の中を動き回る。

「ちゃんと歯を磨《みが》いてねぇな。歯垢《しこう》取ってやる。後で診察室に来い」

「んーっ」

千尋はいきなり口を閉じて、軽く大樹の指を噛む。

「こらっ」

引き抜こうとするのを、千尋はさらに音を立てて強く吸った。

「千尋…」

困ったように大樹は千尋を見つめた。千尋の目は笑っている。

「ふざけてると…」

「大樹の指、ヤニくせぇ。煙草の吸い過ぎだ。患者に嫌われるぞ」

「診察前にはちゃんと消毒してる」

ようやっと解放された指先を大樹は見つめる。微かに歯形が残っていた。千尋は謝りもせずに、さらに甘えた声で大樹を誘った。

「ねぇ、今週の日曜、伊豆で大会なんだ。一緒に行かない？　いい波が立つぜ。天気予報で台風が発生したって出てた」

「台風？　これか」

新聞の天気予報の欄で、日本からかなり離れた南の海に小さな台風のマークを発見して、二人は満面の笑みを浮かべた。

「何日かかるかな。鵠沼にいい波が来るまで」

さっきまでは歯科医の顔をしていたのに、今では大樹の顔はローカルサーファーの顔になっている。毎日波に乗るために、海辺を生活の場に選んだ男の顔だ。

「でかそうじゃねぇ。早ければ三日？」

千尋は指でくるくると台風のマークをなぞった。

漁業に従事する人間にとっては迷惑で危険なだけの台風も、サーファーにとってはいい波を作ってくれるありがたい存在だ。普段は穏やかな波しかない海岸でも、台風の前後には怖いくらいの波が立つ。

「伊豆か…」

「行こうよ、ねぇ」

大樹の腕を千尋が握った時に、ピーっとケトルがまぬけな音をたてた。

「……」

何かまだ言いたそうにしながら、千尋はケトルを手にする。熱湯をコーヒー粉の上に落とした瞬間、部屋中にいい香りが広がった。

「オレ、コーヒーいれるのうまいっしょ」

「そうだな。千尋のいれるコーヒーが一番まともだな」

新聞を読むことに戻った大樹は、お世辞でもない様子でさらりと言う。

「料理は深海が一番うまいけど」

「オレだってうまいよ。夕方家にいられないから、慌てて作るのがいけないんだ。今夜、オレ、当番なんだけど、大樹、何が喰いたい？　ちゃんと作ってやるから」

「いい波が来たら、海に行っちまうくせに。どうせまた手抜きの焼き肉だろ」

新聞に隔てられて、大樹には千尋が今どんな表情を浮かべているかは見えない。コーヒーを落とすついでに手早くハムエッグを作りながら、千尋はひどくまともな顔つきになっていた。

そんな顔をすると母譲りの美貌が際だつ。海の潮で焼けた髪の色や長さまでが、母親にそっくりだった。

「んっ…」

表を通るバイクの音に、ふと新聞から顔を上げた大樹は、千尋を見て思わず視線を引き寄せられる。

死んだマーがいた時の情景が、そのまま重なってしまったのだ。

彼女もよくここでコーヒーをいれていた。煙草を指に挟み、キッチンに凭れかかるようにして、診察に入る前と最後に必ずコーヒーをいれて大樹にも飲ませてくれたものだ。

死んで三年も経つのに、この家から彼女の気配が消えることはない。そんなことを思って千尋を見つめていたら、振り向いた拍子に目が合ってしまった。

「トースト…何枚」

「えっ、ああ、二枚でいいよ」

「何だよ。オレのこと…見てた…」

「マーに似てきたなと思って…」

「似てるだろ。ニィよりオレの方が似てるよな」

千尋は満足そうに笑った。

「なぁ、バイク。あの音…」

大樹が言うより早くに、玄関でバイクの停車する音が聞こえた。みなもう知っている。あれは涼のバイクだ。

「ただいま」

メットを手に、キッチンに入ってきた涼は、大樹を見つけてにこっと笑った。

「おはよっす」

「おはよって、涼、学校はどうした」

「今日から三日間の停学。自宅謹慎だって」

「ていがくーっ」

いつもは細められている大樹の目が、その一言で大きく見開かれる。

「何やったんだ、お前」

「…ん、三年、二人」

「二人どうしたんだ」

「殴ったら、鼻、折れたって」

「どうせなら歯を折ってやれよ。儲かるから」

大樹は冗談とも本気ともつかない言い方をした。

「だせぇよな。宿題っつうか、レポート提出と反省文？　レポートのテーマは、近年増加傾向にある青少年犯罪についてだってさ。これっていびりっすか」

「だな」

大樹の前にトーストとハムエッグを出してやりながら、千尋はげらげらと大笑いしていた。

そんな顔にはもうどこにも母親の影はない。いかにも頭の軽そうな二十歳の若者の顔になっている。

「涼。海行こうーっ。うねり小さいけど、平日の昼間はがら空きだぜ」

「んなーっ、まずいよ。自宅謹慎だもん」

コーヒーを自分のカップにも注ぎながら、千尋はまだ笑っている。

「自宅だよぅ。あの海はオレんちの庭だろが。自分ちの庭で遊ぶんだ。いいんでないか」

「あっ、きったねぇ。そういうのもありかぁ」

涼は暑いのか、さっさと制服の上着を脱ぐと、真っ白なシャツさえ脱いで裸になった。浅黒い肌には、所々に古い傷跡がある。誰も理由は聞かなかったが想像はついた。

涼の父親が傷害と殺人の罪で服役《ふくえき》しているという事実が、すべての説明になる。千尋があれだけ涼を拒否しながらも、結局受け入れたのはそれが大きな理由の一つだ。

まだ傷跡がはっきりしていた時に、それを見つけた千尋は涼の存在を許した。マーでなくてもこんな傷をつけた男から、涼を助けたいと思っただろう。

それからは誰よりも積極的に、千尋は涼に楽しんで生きることを教えている。自分達はそうやって育てられたのだ。この家に来たからには涼にもそうする権利があると千尋も認めていた。

「やめとけ、涼。深海が聞いたら、また怒られるぞ」

大樹は渋い顔をする。自宅に担任から電話が掛かってきた時にうまく誤魔化すのが大樹の仕事になってしまうのは目に見えていた。

「大樹が黙ってればいいだけじゃん。な、そういうことだから、涼ちゃーん、海、行こっ」

千尋は幸福そうに笑う。素晴らしい笑顔に釣られて、二人も思わず微笑んでいた。

「おおー、いいうねりが来てるな。台風の影響で熱帯低気圧が発達ってやつだな」

ボードを手にした千尋は、目の前でうねる波に満足そうだ。協会のプロ認定を受けて今では一年の大半を日本各地のサーフスポットで過ごしている千尋だが、やはり地元の海には愛着がある。平日でいい波がある時は、地元の人間の顔が波間に多い。顔なじみの彼らと仲良く波に乗るのは何よりも楽しかった。

「チィ。おれもそろそろロングボードにしてぇなぁ。使ってないのあんだろ」

涼は羨ましそうに千尋の抱えるボードを見つめる。千尋のは9フィート以上あるロングボードだが、涼のは8フィートに少しかけるファンボードと呼ばれるショートボードとロングボードのちょうど中間の物だった。

「なっまいきー。ちょっと前までテケテケだったくせによっ」

テケテケとは初心者のことだ。笑われて、涼はむっとした。

「ロングだってもうこなせるぜ。何で勝手に、人のボードの長さまで決めるんだよ」

「それが安全のためさ。それとうまくなるためのな。1フィート長いだけで、波の当たりは違ってくる。悔しかったら、もっとテク磨け」

二人は海にざぶざぶと入っていった。五月の海は暖かい。二人ともシーガルと呼ばれる半袖のウェットスーツだったが、寒さはまったく感じられなかった。

「涼、いいか。トップに乗ったら、ずっと立ってられるようにしろ。お前のライディング短いんだよ。すぐに諦めるな」

「わーかった。やだな、兄貴がプロだと。おれ、始めて三年にしちゃうまい方だと思うけど」

「おめぇ程度なら、ここには砂粒ほどいるさ」

どんなに笑われても反論は出来ない。千尋が波の上に立つ姿を見たら、それ以上何を言っても無駄だと思い知らされる。実力が違いすぎた。

波を待つ。

波に乗る。

波を降りる。

再び波と出会うために、ボードに乗って沖に向かう。

それだけを何度も、何度も繰り返す。同じ波は二つとない。毎回、毎回、波は新しい姿で海底から生まれてきて、ほんの一時きまぐれのように若者をその背に乗せて、短い命を砕けて終える。

いつ誰が、こんな遊びを始めたのだろう。たった一枚の板きれに乗って、無謀にも波に挑むなんて遊びを。

豊かな時代になったおかげで、波と遊ぶだけで暮らしていける人間まで出てきた。手軽に楽しめるマリンスポーツとして若者の人気も高い。関連商品やウェアが売れることで、商業的な付加価値もついてくる。

けれど相手はやはり自然だ。時に自然は本来の荒々しい姿を剝き出しにして、遊びで海に入る人間に残酷な制裁を加える。波に負ければ、命を失う危険性もあるのだ。

それだけではない。人為的なミスでしなくてもいい怪我を引き寄せることもある。だからプロになればなるほど、上級者になればなるほど、マナーを重視するようになる。

人の乗っている波がどんなにいい波でも、無理矢理割り込まない。そんな最低限のマナーでさえ知らない人間が、休日の海には大勢いる。幼い頃から母に厳しくマナーをたたき込まれた千尋としては、テケテケや丘サーファーだらけの夏の湘南一帯は、楽しめない場所になりつつあった。

そのせいでかプロの中にも、湘南を出て人の少ない海の近くに居住地を移すやつがいる。けれど千尋はそこまでするつもりはない。平日にはまだ自分達の海を取り戻せる時があるのだ。今日のように。

「ひゃっほーっ」

ボードの上に立って、手と足、それに腰でバランスを取る。波は千尋を愛してくれているのか、いつまでもその背に乗せてくれた。少しずつ崩れていく波のぎりぎりの際に乗りながら、千尋は最後に海に出た時の母の姿を思い出していた。

体の中に癌細胞を抱えながら、母は長年使っていたボードに乗って波の上に立っていた。そのまま波に呑まれて、海で死にたかったんじゃないかとも思う。葬式の後、この浜で母のボードを焼いた。長年の間にボードに染みこんだワックスの匂いが、焼かれる時に鼻についた。

思い出した途端に、波は千尋を砂浜へと押し上げる。千尋はボードと自分を繋いでいたリーシュコードを外して砂浜に座り込んだ。

涼はまだ海の中で苦戦している。その様子をじっと見つめる千尋の顔は、また真面目な物思う顔になっている。

「びっくりした。マーかと思ったぜ」

声を掛けられて千尋は顔を上げる。近くでサーフショップを経営する、元プロの男が曖昧《あいまい》な笑顔を向けていた。

「んだよ。サキさん。昼間に幽霊見たって顔だぜ」

「いや。ライディングのスタイルもさ。チィのは、マーに良く似てっから」

言った本人も悪いと思ったのだろう。けれど口にしなければいられないほど、今の千尋は母に似てきているのだ。

「飲むか」

冷たいミネラルウォーターを、サキと呼ばれた男は差し出した。千尋は笑顔で受け取る。するとサキの顔には、ようやっと幽霊から解放されたといった安堵感が浮かんだ。

「なぁ、チィ。言いたくないけどよ。やっぱ言っておいた方がいいかな」

「おーい。それじゃ話が見えないって。何の話よ」

「…お前の弟…。珊瑚亭《さんごてい》で年上の女と会ってたぜ」

「年上？」

それは初耳だった。千尋は思わずサキを自分の横に座るようにと促す。

「毎週会ってるみたいだ。珊瑚亭でバイトしてる女の子がさ。お前のファンなんで、その子から聞いたんだけどな。俺が行った時もこっちに全然気がつかなくて、かなり深刻な顔して話し込んでたぜ」

「珊瑚亭で…毎週。あいつ、そんなに金持ってたか」

珊瑚亭は地元では有名なレストランだ。タレントがご贔屓《ひいき》にしていると知られてからはさらに知名度が上がって、休日にはかなりの待ちが出る。高いというほどの値段ではないが、高校生が毎週女連れで行けるほど安くもない。

「ばばぁっていうほどの年でもなかったが、ありゃかなり上だよ。いい女だったけどな。オッパイなんて、こうばいーんって感じで」

女好きのサキの表現は具体的だ。盛り上がった胸の様子まで実演してくれている。

「涼ちゃん、涼ちゃんって、甘ったれた声で呼んでたぜ」

「ふーん。それって逆エンコウかな」

「あるだろうな。お前の弟、最近やばくねぇ。牡《おす》のフェロモン、出まくりだろ」

「うーっ、何よ、それ」

「鎌倉辺りのマダムでも引っかけたんじゃねぇの。いいよなぁ、若いってだけで」

単純にサキは羨んでいるが、千尋の胸中は穏やかではない。

涼に女。

それは千尋にとって、もっとも望まない状況だった。

「マーもいい女だったけどな。男いないのがいいとこだったのに。つまんねぇ男のガキなんて引き取りやがって。俺、後十年早く生まれてたら、絶対にマーを押し倒してたぜ」

「その前にボードで殴られてるよ」

千尋は笑ってみせたが、内心は腹を立てていた。

母が自分達の父親以外に男を作らなかったのが誇りだった。死んでから裏切られていた事を知ったのに、いまだに千尋は涼の父親と母の関係を疑っている。

あの誇り高い母が、傷害と殺人を犯すような男と。結婚はしても肉体関係はなかったと信じたい。そうでも思わなければ、涼を許すことが出来なくなってしまう。

「ジモであんまり派手なことすんなって言っとけよ。そうでなくても、お前ら兄弟って、いるだけで目立つんだから」

涼が海から上がってきたのを見て、サキは急いで腰を上げる。自分のボードを手にさっさと海に向かってしまった。

千尋はこっちに向かって歩いてくる涼をじっと見つめる。

確かにいい男だった。細身の自分達兄弟と違って、肩幅もありよく発達した筋肉質の体をしている。女だったら、恋人にしたいと思うよりも先に、ベッドに引っ張り込みたいと思うような男だろう。

「女か…そりゃまずいって」

千尋は考え込む顔に戻っていた。サキに言われたことが気になるのだ。砂を握り締めてはさらさらと足先に落としながら、何かを必死になって考えている。

何も知らない涼は黙って千尋の横に座り込んだ。千尋も黙ったまま残った水のペットボトルを差し出す。

「んっ、さんきゅ」

涼は太い首を反らして水を飲む。大きな喉仏がゆっくりと上下した。

「なぁ…涼」

「んー、何」

「オレ、今夜からさ。友達の店、深夜手伝うんだ」

「店？　何、昨日開店したとかってとこ」

「んー、そう…。でさ、しばらく夜は帰らないから」

言われた意味もよく分からず、涼は残りの水を全部飲んでいいかと目顔で示す。千尋はただうんと頷いてみせた。

「涼…あのな。…やっちまっていいぞ」

「…何を」

「もうしたのか。オレがいない時に」

「だから何をだよ」

「ニィと…エッチした？」

涼はゆっくりと水を飲み込むと、じっと千尋を見つめた。その顔には困惑しか浮かんではいない。まさか千尋からそんなことを言い出すとは思ってもいなかったのだろう。

「何も…してねぇよ。昨日は、本当に話してただけだ」

「いいのか、それだけで…。オレは別に構わないんだぜ。お前がニィとそうなっても」

「…チィ、まずいよ、そんなことチィが言ったら…」

「どうして…まずいんだよ。やりたいんだろう、ニィと。違うの？　オレは理解ある人間のつもりなんだけど」

「ニィが許してくれるもんか…」

体に似合わない、気弱な声を涼は出す。涼は俯き、自分の体から落ちた水滴で色の変わった砂を見つめている。

「ニィが許せばやりたいんだろ」

「嫌われるに決まってる…」

「嫌わないって。ニィは優しいぜ」

千尋はその逞しい腕をぎゅっと掴んだ。

「なぁ、涼。オレ達はさ。マーに呪われてるんだ」

「えっ…」

「誰もあの家には、女を連れてくることないだろう。お前、三年あの家にいて思わなかった。ニィも大樹も、オレだってそうだ。どうして女をあの家に連れてこないんだよ」

「外で…会ってるんだろ」

「そうかな…。違うよ。みんなマーを素晴らしい女みたいに言うけど、オレはそうは思わない。あいつは海の魔女だ。オレ達に呪いだけを残して、海に還《かえ》っちまったんだよ。マーは新しい女があの家に来ることを喜ばないんだ」

千尋はいつもと違って真面目な顔をしている。母に似た顔になっていた。

けれど涼は、その顔にマーの亡霊を見ることはないようだった。ただ驚いたように千尋の次の言葉を待っている。

「ニィ…まだバージンだぜ。後ろも前もな。男も女も知らない。オレが保証する」

「だからって、どうしておれに言うんだよっ」

「好きなんだろう?」

言われて涼は返事に詰まる。

否定しないのは事実だからだ。

「いいのか。このまま何もしないでいたら…大樹に取られるぜ。あいつもニィを狙ってるんだ」

「チィッ、何ってこと言うんだっ」

「大樹にやっちまうくらいなら、お前にやる…。分かってるんだよ。オレ達の家に来た時から、涼がニィしか見てないって」

千尋が握る涼の腕は微かに震えていた。千尋の言ったことがすべて当たっていたせいだろう。

「やり方…知ってるよな」

「…何の…」

「男は女みたいに濡れないぜ。オイルなんて持ってねぇだろ。あれ使え」

「あれって…」

「キッチンにオリーブオイルあるから。なめても平気だし、肌にもいいんだ」

いつの間にか千尋の口元には、穏やかな笑みが広がっていた。とても兄を弟に差し出そうとしているとは思えない表情だ。

太陽は中天《ちゅうてん》に差しかかろうとしている。浜辺は光り輝き、淫靡《いんび》な話をするにはもっとも相応《ふさわ》しくない場所に思えるのに、千尋は平然とさらに言葉を続けた。

「コンドームはオレのベッドの側、椰子《ヤシ》の実で出来てる人形の中に入ってる。ま、男だからな。コンドーム使う必要もないけど、シーツ汚すと面倒だろ」

「チィ…お前、自分が何言ってるかわかってんのかよ」

「分かってるさ…。それがマーの望みなんだ。自分以外の女を、決して愛さないようにマーは呪いをかけたんだ。だからオレ達みんな、身内で抱き合うしかないのさ」

千尋は涼の腕を握っていた手を離した。その手は乾いていて、細かい砂がこびりついている。砂は太陽の光を反射して、きらきらと輝いていた。

「女なんて作るなよ。心のままにニィを抱けばいいじゃねぇか。ニィだって本当はお前を待ってるんだ」

「あるもんか、そんなこと絶対にないっ」

「じゃあ試してみろよ…。ニィを狂わせてみな。きっといい声で泣くぜ」

「……」

すっと立ち上がると、千尋は沖に向けて視線を走らせる。風が出てきて、波はまた一段と高くなっていた。

「いいうねりっ。ラッキーじゃん。停学になってよかったな。こんないい日はそうないぜ」

「チィ…」

「波に乗るのと一緒さ。乗っちまえばどうってことない。どこに流されるかなんて、乗るまで誰にも分からないんだし」

両手で髪をかき上げると、千尋は目を細めて空を舞う鳶《とんび》を見上げる。羽を広げたままの鳶は、急に強くなった風に戸惑いながらもじっと中天で耐えていた。

ボードを抱えると千尋は海に向かって歩き出す。振り返りもせずに、声だけは涼に向かってかけていた。

「ゴミをその辺に放り出していくなよ。帰る時はお持ち帰り。サーファーの最低マナーだぜ。忘れるな」

水が僅かに残ったペットボトルを手に、涼は呆然としている。

千尋の長めの髪が、海風に流されている様子をじっと見つめるしか、今の涼にすることはないかのようだった。

家の中は静かだ。食器洗い機が動いている音と、隣の家から漏れてくるテレビの音しか聞こえてこない。

深海は大樹が使っただけの灰皿の中身をゴミ箱に空け、灰皿を丁寧に洗った。大樹が帰り、千尋がどこかに出かけてしまった後、家にいるのは涼と深海の二人きりだ。涼はもう眠ってしまったのか、部屋の中からはことりとも音がしなかった。

いるとうるさいだけに思える千尋だが、いないと静かすぎて寂しい気もする。大樹も涼も決してよく喋《しゃべ》る方ではない。深海もそうだ。考えてから話す癖がついているから、千尋のように思ったままを口にする流れるようなおしゃべりは苦手だった。

そういえば母もよく話す人だった。つまらない日常の失敗を口にしてみんなを笑わせたと思うと、ニュースになっているような事件の話題を持ってくる。食卓のあるこのダイニングで、時には熱い議論を交わしたこともあった。

親というより、そんな時は年上の友達といるみたいだった。まともに母と議論出来たのは大樹くらいのものだったと思う。千尋はすぐに感情的になるし、深海は意見をまとめるのに時間が必要だったからだ。

今この家には、あまり会話がないと思う。四人揃って波に乗ることも滅多にない。それぞれがそれぞれの人生を生きている。互いの時間が微妙にずれ始めているのだ。

深海は寂しさを覚える。家族とも呼べないような家族だけれど、二人の弟と大樹がいるだけで、この家は家として機能しているのではなかったか。帰る場所であり、くつろげる場所であり、安らげる場所だった筈だ。

そこに誰もいないということは、それぞれが別の場所に安らぎを見つけたからだろうか。

顔も覚えていない父のことをこんな時には考える。あの母と何年か暮らした後、父と呼ぶべき男に新しい安息の場所はあったのだろうか。

母は父の写真を一枚も残していなかった。そのせいで深海達兄弟は、父というものを想像することも出来ない。時折鏡をじっと見つめては、千尋とは違っている自分の顔立ちが、どこか父に似ているのだろうかと想像する。

それにしても、深海の顔も決して男らしいとは言えない。どちらかというと柔和な女顔だ。自分のイメージするいかつい父親というイメージからはかなり違っていた。

昔から母を知っている人間に、それとなく父がどんな男だったのか聞いたこともある。けれどおかしなことに、彼らも父を知らなかった。一人の人間にいたっては、思いもよらないことを言っていた。

マーはレズビアンなんじゃないかと。

しかし、それなら女の恋人がいたはずだ。けれど深海はそんな女を一人も知らない。同性の友人は大勢いたし、そういった女達からも愛されるタイプの女だったが、深海の記憶している限りでは特別な関係に思える女はいなかった。

どこで母は父と巡り会い、二人の子供を作るまで愛し合ったのだろう。

別れて暮らすことになっても籍をずっと抜かずにいるのは、まだ愛していたからではないのか。

死亡通知はいまだ届かない。ということは、どこかに父は今も生きていて、母の死も知らずにいるのだろうか。

深海は自分の腕で、自分の体をそっと抱き締めた。

時折凄く寂しくなる。

母がいてくれたらといつも思った。

けれど今は少し違っている。たとえ母がここにいたとしても、この寂しさは埋められないような気がした。

どうしてなのか深海にもよく分からない。

まるで夏休みが終わる時の気分だ。風が僅かに向きを変え、空が遠くなり青さを増して、素肌にまとわりつく海水の温度が低くなる。夏はもう終わりだと、自然が教えてくれる寂しさ。

あれに似ている。

深海は下の部屋の電気をすべて消した。このままここにいたら、ますます感傷的になりそうでいやだった。

日曜に天気が良かったら海に行こうと思う。それで少し気分は浮揚していた。

筋肉が痛むまで泳ごうと思う。ボードに乗って、波と遊ぶ。何も考えずに、いい波が来ることだけを願うのだ。頭の中を空っぽにして。

階段を上がっていくと、千尋の部屋のドアが開いていた。いつの間に帰ったのだろう。

「何だよ。ただいまくらい言えよ」

怒ったように言うと、意外にも顔を出したのは涼だった。

「涼か…チィが帰ったのかと思った…」

どうも今日は涼とまともに目を合わせたくない。昨夜のことを思い出したくないからだ。

自分は一人で興奮していた。あれは生理的必要からだ。だが涼は、明らかに深海に抱かれて興奮していたのだ。

その意味については深く考えたくない。深海にとって、涼はまだ弟のままだった。

「停学くらったのに、海なんて行ってるんじゃない」

「あれ…ばれてた」

「ウェットスーツ…二つ並んで干してあったもんな」

「ははは。そこまで考えなかった」

涼は無邪気に笑う。子供じみた笑顔に少し安心して、深海もいつものように兄らしい顔になっていた。

「レポート書いたのか。資料がいるようなら、ネットで検索かけてプリントアウトしといてやるよ」

「んっ…もう書いた。後で下書き読んで」

「いいよ、読んでやるから持ってこい。自分でやるだけはやったんだ。えらいぞ、褒めてやる」

「じゃ、持ってくるから」

自分の部屋に戻る涼の背中を見つめているうちに、寂しさがまた増した。

誰かに必要とされたいんだ。

深海は自分に問いかける。

一人じゃないって安心するために、いつも誰かに必要とされていたい。そのために涼が必要だったのだ。行き場のない涼なら自分を頼るしかない。そう思っていたのに、いつの間にか涼も大人になっている。

涼に女が出来たのじゃないかと思ってうろたえたのは事実だ。女ができれば深海は必要とされなくなる。それが不安で、昨日から気分が落ち込んでいるのではないかと気づいて、深海は愕然とした。

自分は間違っている。いずれ涼はこの家を出ていって、新しい自分の家を作るだろう。男ならそうするのが自然だ。いつまでも血の繋がりもない兄弟の家にいろという方が不自然だ。

深海は初めて、自分にもそろそろそういう対象が必要なんだと認めた。

新しい家族を作る。父親としての自分は必要とされるだろう。そうすればもうこんな孤独感に悩まされることもなくなる。

女だ。この家に女が必要なのだ。

母の代わりの女ではなくて、深海のための女が。

けれどまた不安になる。どうやって自分の女を探すのだろう。彼女と母を比較するような失礼な真似はしないで済むのだろうか。そしてセックスは。

ベッドに腰掛けると、深海は自分の周りにいる女達の姿を思い浮かべる。大学の同期生。ライフガードに参加している女の子達。それだけじゃない。浜辺にいる肌も露《あら》わな女の中から、いくらでも選べる筈なのに。

不思議とどんな女の顔も心に浮かんではこない。タレントも知り合いも、皆同じような顔にしか思い出せない。

「ニィ、どうしたの。顔色、悪いぜ」

涼の声に、慌てて深海は顔をあげた。

洗いざらしのTシャツにハーフパンツ。よく日に焼けた、健康そうな若者が自分を見て優しく微笑んでいる。

夏の海がなぜか心に浮かんだ。

空いっぱいに立ち上がる巨大な入道雲。風が起こり、波頭が泡立つ。じっと沖を見つめている涼の姿はなぜか小さな海パン一つで、水滴が胸元から下半身へとゆっくり滴っていく。

夏がもっとも似合う美しい男。

欲望を処理しようとする時、必ず現れる背中だけの男が振り向いたら、その顔は涼だった。そんな気がして、深海はぎゅっと手を握り締めた。

「レポート、それ？」

涼の手にした紙を受け取る。深海がそれを読んでいる間、当然のように涼は深海のベッドに座り、並んで紙を覗き込んでいた。

すぐ近くに涼の顔がある。深海は視界に入った横顔をわざと見ないようにしながら、紙を手に呟いた。

「句読点が間違ってるよ。高校生だろう。こんなとこに点なんて入れるな。青少年の犯罪が増加していると言われるが、戦後と比較するとその数は…うん、こういった視点を取り入れるのはいいな。どこで調べた…」

何気なく振り向いた瞬間だった。

涼は深海を抱き締め、そのまま唇を重ねてきた。

「りょ…う…」

押し返そうともがいたが無駄だった。力では到底敵わない。そのままベッドに押し倒されて、激しく唇を吸われる。

「やっ、やめろっ」

唇を避けながら、必死になって叫ぶ。けれど涼の方も必死だった。

「駄目だよ、涼。落ち着け。落ち着くんだ」

「欲しいんだっ、ニィが欲しい！」

「こんなこと…したらいけない…俺達は兄弟なんだから」

顔を左右に振って唇から逃れようとした深海は、すぐ脇にあるデスクの上にオリーブオイルの瓶を見つけて現実感を見失う。

どうしてここにキッチンにある筈のオリーブオイルがあるのだ。イタリア製のオリーブオイルは綺麗な緑色の瓶《びん》に入っている。つい数日前に使った記憶はあるが、なぜこの部屋にあるのかが分からない。

注意を逸らしてしまった隙に、涼の手は深海のシャツをまくりあげている。最近はあまり海に出ていないとはいえ、長い年月陽《ひ》に焼かれた体が現れる。胸にある小さな乳首は怯《おび》えながらも興奮しているのか、堅く尖《とが》っていた。

「ニィ、こんなことしても、おれを嫌わないでくれ」

「嫌われたくなかったらするなっ！」

激しく涼の背中を拳で叩く。その手からいつのまにか力は抜けていった。

涼の体からは海の匂いがする。

乾いた汗と潮の混じった匂い。深海がずっと心に思い描いていた、夏の男の匂いがする。

現実とファンタジーが混同してしまって、深海はさらに混乱していった。

「なっ…しよう。おれじゃ嫌？」

頬がすり寄せられる。ざらついた感触があるのは生意気にもはやしている髭のせいだろう。けれど皮膚は若者らしく張りがあって、つるつるしていた。

「ニィ、好きだ。おれにはもうニィしかいない。わかってくれよ…おれ、また一人に戻りたくないんだ」

「一人じゃないだろ…俺も…チィもいるのに」

握った拳《こぶし》を開いて、そっと涼の髪に触れる。いつも潮と砂で汚れている髪は、今日は綺麗に洗われていて、指先にはよく手入れされた犬の毛のような心地よさがあった。

涼の唇が項《うなじ》から降りていって深海の鎖骨に触れる。手はいつの間にかズボンの中に入り込み、しっかりと深海の先端を握っていた。

「チィが…帰ってきたら」

「今夜は帰らないって言ってた。おれ達二人きりだよ」

「帰らないって…」

何も言わずに出ていった千尋。

まさかこうなると知っていて、深海には何も言わずに出かけたのか。そこまで考えたくはない。けれど昨夜二人でベッドにいるところを見られた。あるいはと思って、深海は涼の頭を思わず押し返していた。

「チィは…千尋は知ってるのか」

「…チィは関係ないだろ。おれよりチィが大事なのは知ってる。けどさ。あいつはニィの本当の弟だ。どんなに好きで大切でも、セックスまで出来ないだろ」

「そんなこと考えたことないっ。チィを…傷つけたくないだけだ」

いつも自分の後をついてきた小さな弟。仲間はずれにされるのが何より嫌いで、母と話をしていると決まって泣いたり、何か失敗をしたりして自分の方に注意を惹きつけようとした。

そんな千尋が、深海と涼がそうなっても黙って許すだろうか。

「チィが嫌がるなら抱かれないのか。そんなの変だろ。ニィの気持ちはどうなんだよ。おれは…もう駄目だ。ずっと我慢してた。けどもう限界だ。ニィが欲しくって、欲しくって、気が狂いそうなんだよっ」

では涼が最近おかしかったのは、すべて自分が原因なのか。

深海は言われて思い当たる。涼が自分に向けてくる視線の意味がどこか違っていると気がついていたのに、気づかないふりをずっと続けていたのは深海だ。

言いたいことがあるんだろう。でも思ったことを言えずに困っているだけだ。そう思っていたのに、事実はそういう対象として見られていたということだったのか。

「ニィ…ニィ…おれを好きだって言えよ。弟なんかじゃなく…男としておれを見ろよ。頼むから…拒否らないで」

拒否するなんて怖くて出来ない。けれど深海には、これからどうしたらいいのか何も分からなかった。

年上の自分が涼を抱いてやるべきなのか、それとも逆にこの体を差し出すべきなのか。

「どうしたいんだ。俺…どうすればいい?」

「抱かせて…」

じっと見つめる涼の目は真剣だ。

「男なんて抱いても…気持ちよくないよ」

「そんなの関係ない。おれは…ニィが欲しいだけだ」

「抱かれたら…もう涼は俺の弟じゃなくなるのかな」

深海の心に哀しみが広がった。

涼との関係を失うのが怖い。抱かせたら最後、涼はそれ以上に自分を必要としなくなるのではないかと思うと、深海の中に不安が広がる。

「抱いたら…出ていけって言う? おれ、ここにずっといてもいいんだろ」

「どこにも行かなくていい…俺だって、一人になりたくないんだ。行くなよ、涼。どこにも行くな。ここはもうお前の家なんだから」

「行かないよ。おれ…ニィのいないとこじゃ、生きていけそうにないもん」

深海が落ち着いたと安心したのか、涼はゆっくりとシャツを脱ぎだす。何年も一緒に暮らして、見慣れているはずの体が現れる。美しい体には、すでに汗の玉が浮かんでいた。

涼は震えながら、続けて深海の服をはぎ取る。何もかも脱がせてしまうと、涼の口はストレートに深海のものを銜えた。

「あっ…」

深海は目を閉じる。

「そんなこと…しなくてもいいのに」

自分以外の誰かに性器を触らせるのは、初めての経験だった。

涼の技巧が巧みなのかどうかはまるで分からない。比較する経験がないからだ。だが快感はある。涼も深海を満足させようと必死なのだろう。

時折太股に、涼の髭が当たる。ざらついた感触が深海に男に抱かれていることを実感させた。逞しい腕が伸びてきて、尖った乳首を柔らかくつまむ。

「んっ、んんっ、あっ」

こんな時にはどんな声を出すべきなのか分からない。素直に行為を称賛してやるべきなのか。ただ口から出るのは、自分でも驚くほどの単純な喘ぎ声でしかなかった。

「うっ、あっああ」

喜んでいるのは、涼にも伝わってしまっただろう。男の肉体は嘘をつけない。涼の口いっぱいの大きさに膨れあがったものが、すべての答えだ。

「い、いきそうだ。涼…口、離して。んっ、離して…」

けれど涼の口は、さらに巧みに深海を吸い上げた。

「んんっ、やっ、ああ、いっちゃうから…もう、口…」

思わず涼の肩に爪を立てていた。いけないと思った瞬間に目を開く。すると深海のものを銜えたまま、じっと見つめている涼と視線があった。

知らない男だ。

ここにいるのは弟なんかじゃない。

若い、魅力的な牡が、深海の欲望を貪《むさぼ》っている。その顔には凶暴な征服者の表情が浮かんでいた。

「い、いやだ。口、離して」

にやっと涼が笑ったような気がする。返事の代わりに涼は、軽く深海のものに歯を立てた。

「んんっ、あっ」

逃げようとしても無駄だと言うかのように、涼の口は深海を捕らえて離さない。

「ああっ、あっ、も、もうっ…あっ」

波だ。

大きな波が深海を飲み込み、海中深く叩きつける。浮き上がろうと水中でもがく、あの感じにそっくりだ。

翻弄《ほんろう》され、いいように抵抗力を奪われ、深海はついにすべてを涼の口の中にはき出した。

「はっ…はっ…あっ」

浜辺に打ち上げられた魚のように、それとも溺れた人のようにだろうか。深海は必死になって息をしようとあがいた。

ここは海じゃない。自分の部屋だ。その証拠に涼が深海を見つめている。力無く深海は涼の肩を握り、見失いかけた自分を取り戻そうとしていた。

「ニィ…本当は俺を待ってたんだろ」

「えっ…」

涼は汚れた口元を手のひらで拭いながら、牡剝き出しの顔を歪めて笑う。

「いい声で泣いてた…。こんなになっちまうなんて…たまんねぇよな」

「泣いてたって」

自分がどんな顔をしていたかなんて、深海に分かる筈もない。ただいいように翻弄され、欲望をはき出しただけだというのに。

「ニィはずっとおれをガキ扱いしたいだけなんだと思ってた…。可愛い弟でいればさ。嫌われないと思ってたけど…違ってたのかもな」

「…違ってたって?」

「チィの言った通りだ。待ってたんだろ。おれが大人になるのを」

「チィが何って言ったんだ」

「ニィは…おれを待ってるって」

「チィがそんなことを…」

涼が大人になるのを、深海が待っていたとでも言うのか。こうして抱かれるために。

涼は手を伸ばして、オリーブオイルの瓶を手にした。

「それ、どうするつもりだ」

「任せろって。バージンなんだろ。痛くないようにしてやるから」

深海は果てしなく混乱する。立場はすっかり逆転していた。保護され、守られているのは自分の方のような気がする。涼の方がずっと大人の男で、深海は幼い子供に戻って、優しく導かれているようだ。

「ニィ、泣かせてやるからな。これからは毎日、おれが泣かせてやる。誰にももうニィは渡さない。あんな顔、他のやつらに見せてやるもんかっ」

「りょ、涼」

荒々しく涼は、深海の足を開いた。そこの中心を目でしっかりと確かめて、オリーブオイルで濡らした指を入れてくる。

「うっ…」

鈍い痛みが下半身を襲った。夏の海の幻影は浮かんでこない。ただ自分を見つめながら、指をより深く入れてくる涼の顔が、現実として見えているだけだ。

「痛い？　初めてだもんな。こんなこと誰にもされたことないんだろ？」

「ない…さ。したいとも…思わなかった」

痛みの中に不思議な予兆はあった。入ってくるものを押し出したいというやな感じと、反対にもっと奥まできて欲しいと待ち望む気持ちが同居している。

「んっ…い、痛い」

「泣いていいよ。おれにだったら、泣き顔見せてもいいいんだろ」

「あっ…そ、そんな奥まで…ああ」

びくっと体が震える。思わず目を閉じると、また水着姿の男の幻影が脳裏を掠めた。

涼には自分と同じようにライフセーバーになって欲しいと思った。千尋がプロのサーファーになって、夏には各地で転戦するようになってから、どうしても涼と一緒にやりたいと思ったのは、やはり心のどこかで待っていたからだろうか。

十八にならないとライフセーバーの資格は取れない。それまでに体を鍛えさせようなんて、父親にでもなったつもりで考えていたが、本当はライフセーバー姿の涼を見たかっただけなのかもしれない。

心にいつも住んでいた男。決して振り向かなかったその男は、今、涼の顔になって深海に微笑んでいる。

「指、入れちゃったから、次は別の入れてもいいよね」

「…別のって」

「おれを入れるんだ。ニィの中に入りたい」

オリーブオイルの匂いがする。その匂いはどこか、夏のオイルの匂いにも似ていた。

ぐっと足が開かれて、その中に涼の体が入ってくる。深海は目を開けて、自分の上にのしかかる涼を見つめた。

驚いたことに涼は涙を浮かべている。さっきまではいやらしい牡の顔だったのに、今は初めてこのベッドで深海に抱かれて眠った夜のように、不安そうな顔に涙を浮かべていた。

「痛いだろうな…おれ、下手だから」

「涼…泣かなくていいよ。俺は…痛くても我慢出来るから」

「ごめんな。おれ、嬉しくて泣いてんだよ。ニィにやっと追いついたんだもん」

ぐっと差し込まれた瞬間、深海の体は痛みから逃れようとするように大きく反り返った。それを力で押さえつけて、涼は激しく動き出す。

「んんっ…ああっ」

逃げようとしても無駄だった。足を抱えられ、しっかり腰を固定させた状態で、熱いものが深海の中に激しく出入りする。オリーブオイルは本来の目的以外で使われているはずなのにしっかりと役目を果たし、深海のそこはぐちゅぐちゅと淫靡な音をさせてかなりの大きさのものを受け入れた。

「すげぇ…いいっ。たまんねぇ、ニィ、いいよ。おれすぐにいっちまいそうだ」

「さっさといっちまえっ…」

「コンドーム…ああ、もうめんどくせぇっ」

「んんっ、くっ、あっ」

ぐっと奥まで差し込まれた。すると深海の中に微かな変化が生まれる。

何かを感じるのだ。抱かれるのも辛いだけではないと思わせる、微かな喜びの兆《きざ》しだった。

「感じてるの、ニィ。おれを感じる。もっと、もっと感じてよ。ほらっ…」

強く押し込まれる度に、確かに体の奥に涼を感じる。

「想像してたのより、ずっといい。いいよ、ニィ。ニィは…な、いい?」

「……」

答えてやりたくても、どう表現したらいいのかまるで分からない。快感と不快感、その両方を同時に深海は味わっていた。

「ああ、駄目だ、もたねぇっ…ううっ」

若いだけに涼は激しい。大きく動いた後に、急にぐったりとなったと思ったら、そのまま深海の腕の中に倒れ込んだ。

優しく、優しく、深海は涼を抱く。

こうなってもまだ、涼を愛しいと思う気持ちに変わりはなかった。

それだけでほっとする。自分が変わってしまうことが、一番怖かったのだ。

「ほらっ…降りろよ。もういいんだろ」

「まだ…」

「まだって」

「すぐ次に入れる。ちょっと待ってて」

「涼っ！　俺はもういい」

「やだよっ。一回で終わりなんて。気持ちいいんだ。ニィの中、あったかくてひくひくしてる。このままにしてれば、すぐに次の波がくる」

「涼。重いってっ」

深海に言われて、涼は上体を起こすと、凄い力でそこを繋げたまま深海を自分の体の上に抱き上げた。

「いっ！　な、なんだよ、こんな変な格好で。早く、抜けっ」

「やだって。このままずっとこうしてるんだ。朝まで入れとく」

「そんなこと出来るもんか」

「するよ…」

涼は深海の顔を引き寄せ、唇を重ねてきた。

初めて二人は、本当のキスらしいキスを交わす。遠慮がちに交わした舌が、やがて互いの口の中で暴れ回る頃には、深海は再びそこが涼のもので十分に塞がったのを知った。

奥まで深く入っている。そこに触れたら危ない場所があるのだ。逃れようと腰を動かした拍子に、深海は思わず甘い声をあげて涼に縋りついていた。

「涼…」

「ニィもしたくなってるんだ。おれ…チィに感謝する。ばかだったな。何怖がってたんだよ。こんなに、ニィもおれのこと」

涼の手に触れられたそこは、一度吸い取られたとは思えない硬さになっていた。

「このままでいい？　それともまたさっきみたいなのがいい？　何でも言われた通りにしてやるから」

「バカ…涼…」

恥ずかしさのあまり、深海は涼の肩に顔を埋めた。自然とお互いの腰がうねりだす。深海はついに耐えきれず、自ら勢いよく背後に倒れると、足を大きく開いて涼を再び迎え入れていた。

陽が登ると江ノ島灯台の明かりは消える。暗い空にすーっと流れていた光の帯は消えて、代わりに空がぼんやりとした明るさになっていた。

水鳥達がうるさいくらいに飛び回っている。一台、また一台と車の量も増えて、朝が始まっていた。

深海はベッドの中から、変わっていく空の色ばかりを見つめている。眠る涼の体温は子供みたいに高くて、毛布は互いの腰を申し訳程度に覆うだけで十分だった。

「涼、学校…そうか、停学中だったな」

朝食を食べさせて涼を学校に行かせないとと思っていた深海は、停学を思い出して苦笑いする。

結局停学の原因は深海だったのだ。

涼は自分を抱いたことで落ち着きを取り戻すだろうか。辛抱強くライフセーバーの話をし続ければ、深海とともに活動するために、もう少し水泳部にも力をいれてくれるかもしれない。

この体だ。もっと早くから水泳をやらせていればオリンピックも夢ではなかっただろうと、深海は涼のことを自分のことのように悔しがった。

「チィ…帰ってこなかったな」

ほとんど眠っていない。その間一度も車のエンジン音を聞かなかった。それとも意識を失ったようになって眠っていたほんの三十分の間に、帰ってきたのだろうか。

起きあがって確認しようと思った深海は、全身の力が抜けてぐったりとしていることに気がつく。遠泳の後のように疲れきっていた。

「んーっ、ニィ、無理しなくていいよ。朝飯、おれが作るから。大樹とチィに喰わせればいいんだろ」

目を覚ました涼は、深海をぎゅっと抱き締めて頬をすり寄せた。

「ニィの分はここまで運んでやる。ルームサービスしてやっから」

「いいよ、俺も大学に…」

行かなくちゃと言おうとしたら、ずきっと下半身が痛んだ。

「ゆっくりしてていいって。洗濯も掃除も、今日はおれがやる。ニィ、も少し寝てろ」

落ちていたトランクスを拾うと、涼は足を通す。シャツを着ようとする体は、昔の傷跡の部分だけが微かに白くなっていた。

「あーっ、波音が聞こえる。台風、ほんとに近づいてるんだな」

涼は窓に近づき、思い切り開いた。

微かだった波音がはっきりと聞こえる。海がいつもより荒れている証拠だ。

「海にいるのは、あれは人魚ではないのです。海にいるのは、あれは、浪《なみ》ばかり…ねぇ、この詩の曲って、どんな曲だったっけ」

「現国でやらなかったか。中原中也《なかはらちゅうや》って、有名な詩人の詩だよ」

「あっ、そうだったのか。誰かの歌だと思った」

涼は胸にある幸福に酔いしれるように、海風に髪を嬲《なぶ》らせている。その様子を裸で横たわったまま見ていた深海は、記憶の底で何かが引っかかったのを感じた。

こんな風の強い日だった。誰かに手を繋がれて浜辺を散歩していたのだ。まだ千尋は歩くか歩かないかの赤ん坊だったから、三歳くらいの時の記憶だろうか。

同じように、その人は泡立つ波を見つめて今の詩を言ったのだ。その人の顔は覚えていない。なのに今、涼が口にした中原中也の詩だけは鮮明に覚えていた。

なぜ覚えているのか。同じ人だったと思う。いつも寝る前に絵本を読んでくれた。その中に人魚姫の話があったから、余計に覚えているのだ。

この瞬間まで、綺麗にその人のことは記憶から消えていた。

「ねぇ、その後は、知らない?」

涼は屈託なく聞いてくる。深海は記憶の底にいるその人の、綺麗な指先まで思い出しかけていたが、再び現実に引き戻されていた。

「忘れた。確か…北の海で浪が空を呪っているとか、そんな暗い詩だよ。湘南の海って雰囲気じゃないいな」

「そうだよな。湘南っていったら、やっぱサザンかチューブだもんな」

サザンオールスターズの歌を歌いながら、涼は再びベッドに倒れ込むと、深海にキスをねだった。優しく深海もそれに応《こた》えていた。

「おれさ。ここに来てから、何でも欲しかったもの買ってもらえて、それだけでも幸せだったけどさ。今が…生きてきた中で一番幸せだ」

まるで無心な子供のように、涼は幸福を囁く。

「ニィがおれを受け入れてくれたから…。ニィ、好きだよ」

さらに無心な子供のように、涼は愛を呟いた。

深海は母のように、兄のように、そして恋人のように涼を抱く。

必要とされたかっただけではない。誰かに愛されたかったのだと、深海はその時知った。

家族に愛されて育ったけれど、深海はそれ以外の誰も愛した経験がない。恋愛のスタートは互いを必要とすることから始まるのだと、この年になるまで知らずにいたのだ。

涼が懐《なつ》いてくれるのは兄だからだと単純に考えていたが、それだけではなかったのだろう。無理もないと思う。父親に虐待されていた涼にとって、母の死んだ後深海は大切な存在になっただろう。

親愛から恋愛に感情が流れていったのは、深海にも理解出来る。

「涼…俺を好きなら、ちゃんと勉強しろ。水泳部も続ける。元に戻ってくれよ」

深海は涼の顔を両手ではさみ、自分の方にしっかりと向かせて言った。

「分かった。ニィをもう悲しませたくないから、真面目にやるって」

「ついでに…髭も剃れ」

「やだねっ。一緒にいる時、年下に見られるかんな」

「年下だろがっ」

深海はわざと涼の髭を引っ張る。すると嬉しそうに涼は抱きつき、甘く深海の首筋を噛んだ。

幸せなのは深海も同じだ。

愛することと同じくらい、愛されることには幸福がある。

その事実を改めて今知ったのだ。

「おかしいな…こうなっても涼は涼のままだ」

いつものように髪を撫でてやりながら、深海は満ち足りた様子の涼を見つめた。

「何だよ。おれが変わっちまうと思った？」

「うん…もっと他人みたくなるのかなと思ってたんだ」

「他人って、何それ。でもな…弟のままは嫌だ」

涼の顔に、大人の表情がまた浮かぶ。

では弟でなくなった涼は、どんな相手として認識したらいいのだろう。適切な言葉が思い浮かばない。深海は曖昧に微笑んだ。

「いいよ…人前では弟のままで。ニィがおれを好きでいてくれればいいんだ。勉強の邪魔しないようにするからさ…時々は…一緒に寝てもいいだろ」

「時々か…絶対だな。毎日なんて甘えるなよ」

「…自信ないな。あっ、駄目だ。今夜絶対にこっち来そう」

笑う涼の顔を見ているうちに、ふと気になって聞いてみる。

「海にいるのは…あれは人魚ではないのです…。涼、その詩、どこで覚えた」

どう考えても、涼に中原中也は似合いそうもない。

「どこで…さぁ、覚えてない」

涼の顔に、僅かだが影が差した。

深海はまた記憶を取り戻す。

その人がいなくなった時に、深海はとても哀しかったのだ。

人魚姫のように、海の中で泡となって消えてしまったのかと、海に行く度にその人を探した。

誰だったのだろう。

人魚でなかったことだけは確かだが。

季節外れの大型台風は、ゆっくりと北上を続けていた。このままでは週末に関東一円を直撃する。そのニュースを見ながら、三日ぶりに家に帰ってきた千尋は携帯電話相手に文句を言い続けていた。

「んだよーっ。大会中止なの。台風それたらどうすんだよ。いいうねりが来るのにさ。オレ、今年はかなり自信ありありなんだけど。そ、狙ってたさ。優勝。んーったく、次は千葉《ちば》までおあずけかよーっ。来週になったら、フラットになっちまうぜ」

千尋は波が無くなると、サーファー仲間に愚痴っていた。そこに涼が上から降りてきて黙ったままケトルをレンジに掛ける。キッチンには千尋の吸っている煙草の煙が消えもせずにゆったりと空中に漂っていた。

「あーあ、今日からそろそろ調整に入ろうかなと思ってたのに、週末はボードのリペアで終わりかよ。んー、ああ、今から…朝飯喰ってローカルと遊んでるよ。じゃあな」

電話を切った千尋は怒ったままの顔で煙草をもみ消すと、続けて新しい煙草に火を点けた。

「チィ、いつからそんなにヘビースモーカーになったんだよ」

「ああ…夜のお仕事してっとついね。海に入れば吸わねぇよ。涼が朝飯当番? 飯、何?」

「鯵《あじ》の開きに納豆とみそ汁」

「てっめぇ、昔ながらの日本の食卓かぁ」

納豆が死ぬほど嫌いな千尋は抗議の声を上げた。

「ニィ、何してんだよ。オレ、ベーグル喰いてぇっ。スクランブルにベーグルがいい。ニィに代われよぅ」

「わがまま言うな。我が家の掟だろ。出されたもんは文句言わずに喰う」

トランクスにTシャツの姿で、でかい涼がみそ汁を作っている。男ばかりの家ではすっかり馴染んだ当たり前の光景だったが、必死にだしの加減を見る涼の姿は微笑ましくもあった。

「…なぁ、うまくいった？」

テレビのチャンネルを変えながら、千尋はさりげなく言う。細い青ネギをゆっくりと刻んでいた涼は、手を止めずに言った。

「ああ、チィに感謝してるよ。ありがとな」

「何だ、そのありがとってのは」

「チィに背中押してもらえなかったら、おれ…自分がおかしいんだって悩んだまま、この家逃げ出してたかもしれない」

「おかしいって自覚はしてんだぁ」

千尋の目は、天気予報を探して次々と変わるテレビの画面に向けられている。その顔はまたひどく真面目な顔になっていた。

「おかしいよな。ニィは…兄貴なのに」

「べーつにぃ、兄貴だからってのが問題じゃないだろう。男だってのが問題なんだろが。ニィはどう思ってるか知らないけどさ。オレは涼のこと…弟だなんて思ってないぜ」

いまさら何を言い出すのだろうと、涼は背後を振り返る。テレビに視線を向けている千尋の、長い髪をした後ろ姿しか見えなかった。

「なっ、知ってるか。何かを無くして心が空っぽになっちまった時は、ペットを飼うのが一番癒されるんだってさ」

「……」

「オレがお前を家に迎えたのは、ニィにはペットが必要だったからだ。傷だらけの野良犬だったけどな。まだ人懐っこいとこあったし」

千尋の声は乾いている。いつもの大らかさがない。

涼もやっと気がついた。千尋は涼をけしかけたが、決して喜んでそうしたのではなかったのだ。

「チィ…怒ってる?」

「怒ってねぇよ。けどな…この先、ニィを悲しませたらオレが許さねぇ。ニィは…誰かのためにしか一生懸命になることが出来ない、不器用なやつだけど…可愛いとこもあるいいやつだ。患者思いのいい歯医者になるよ。マーみたいにな」

「おれじゃ…相手として不満?」

「ペットとしてなら認めてやる。飼い主が誰か分かってんなら…涼」

そこで千尋は振り向き、真っ直ぐに涼を見つめた。

「女とは綺麗に別れろ。年上のマダムだか何だか知らねぇけどよ。ジモでいちゃついてんじゃねぇよ」

涼はキッチンに寄りかかると、長い腕を組んで千尋を見返した。その顔にはどうしてそんなこと知っているんだといった困惑がありありと浮かんでいる。

「お前が思ってるよりも、オレ達、ジモじゃ有名人なんだぜ。珊瑚亭なんて超メジャーな場所で、女と会うなっ」

「知ってたんなら…言っとくけど…あの人とはそういう関係じゃない。親父の…関係なんだ」

「ふーん。いいよ、そういうことにしといてやる。嘘つくんなら、もっとうまくなれ。二股なんてかけてみな。ボードにくくりつけて、沖に流してやっからな」

「信じてよ…おれ、ニィだけだ」

気まずい空気が二人の間に流れた。その時に玄関の扉が開かれ、大きな声が響いた。

「おい、シャワー借りるぞ。あっと、それと涼、そこにいるか」

んっといった顔で、涼はダイニングルームのドアを開いた。

「大樹、何?」

「パンツ、貸せ。忘れた」

「大樹ーっ。オレのビキニ、貸してやろうかぁ」

笑いながら言う千尋の声は、いつもの甘ったれた口調に戻っていた。呼ばれてもいないのにさっさと玄関脇の風呂場に向かい、下着の入っているクロゼットから涼の新しいトランクスを取り出して渡している。

「何だよ。海に行くなら誘ってよぅ。朝何時からやってた?」

「いい波だった。久しぶりだな。こんなによくホレたのは。ローカル全員集合って感じだったぜ。そういえば千尋、顔見るの三日ぶりだな。伊豆《いず》に行ってたのか」

「ううん。友達が店開いたから、そこの手伝い。いい店だぜ。か一なりなカリビアンバンドが入ってるんだ。呑みに来いよ」

「大会、明後日だろが」

この家のルール、玄関脇でウェットスーツを脱ぎ砂を落とす。そのまま風呂場に直行。大樹もルール通りにウェットスーツを脱ぎ、小さな海パン一つになっていた。

その姿を千尋はじっと見つめる。歯科医の白衣を着ている時には目立たないが、こうして見ると海で遊んでいる男の体だった。

「大会さ。台風が来るから中止だってさ。日曜暇になっちまった。大樹ーっ。遊んでぇ」

「台風の日に何して遊ぶんだ。りょーう、停学終わったんだろ。今日からはちゃんと学校行くんだぞ」

風呂場の入り口から、大樹は奥に向かって叫ぶ。

「行くよーっ、今から。飯、出来たからぁ」

まだじっと見つめる千尋に、大樹は眉を寄せて尋ねた。

「ニィは何してるんだ。珍しいな、やつ、ここんとこずっと寝坊だぜ」

「そりゃあな。いいんじゃないの。甘やかしてもらってんだから」

その声が聞こえたのだろうか。二階からパジャマ姿の深海が降りてくる。

「やべっ。大樹、さっさとシャワー浴びろ。次がいるんだから」

慌てて千尋は大樹を風呂場に押し込んだ。

「どうしちまったんだ…ニィは」

千尋はあんぐりと口を開く。三日ぶりに会う兄の様子は、すっかり変わってしまっていた。こんな姿を見たら、大樹がどう思うか。千尋はまずそのことで慌てたのだ。

「チィ。出かけるのはいいけど、行き先だけはちゃんと言ってくれよ」

けだるそうに言う深海の体からは、明らかに男の出したものの匂いがする。首筋にははっきりと分かる吸われた跡があった。乱れた髪に手をやる様子は、これまでのどこか堅苦しい印象の抜けない深海と大きく違っている。

色っぽいのだ。

「んだよー。あの野郎…マジでむかついてきた」

千尋の握った手はぶるぶると震えている。怒った顔のまま、深海の手を引いてダイニングルームに引っ張っていった。

「何むかついてんだよ。行き先を言うのはルールだろ。サーファーは事故に遭う危険性が高いんだ。居場所が分からないと余計な心配しないといけなくなるんだぜ」

「わーかってる。オレは今、友達の店の手伝いしてんだよ。バーのカウンターで、シェーカー振ってんだ。それだけっ」

「これから大会続くのに、バイトなんかしてていいのか」

「あー、わかった、わかった。どうしてニィも大樹も、あれしろーっ、これすんなってうるせぇかな。保護者面はもうやめろっ。オレもう二十だぜ」

「だったらルールは守れよ」

深海がダイニングルームに入った途端、涼の表情が変わった。その眼前に千尋は真上に上げた中指を突きつける。

「涼…てめぇ、ガキのくせに」

「…ニィ、まだ寝てていいのに。うるさかった?」

千尋の中指を無視して、涼は深海に向かってあくまでも優しい声で言った。

「悪い、また朝飯当番させて。明日は、講義ないんだ。休みだから俺がやるから」

「いいんだ…朝はずっとおれがやるから」

二人はお互いしか見えていないようだ。当然千尋としてはおもしろくない。ずいっと二人の間に立ち塞がると、深海に向かって言った。

「ああ、ああ。はいはい。うまくいったのはいいけどさ。やり過ぎなんだよ。ニィ、お前もな。鏡で顔見てるか」

ダイニングテーブルについた深海は言われた意味が分からないのか、目を細めて千尋を見つめた。その前に涼はさりげなく野菜ジュースを出してやる。千尋は呆れたのか、首を何度も縦に振った。

「いいか、ニィ。そんなやりまくりましたって顔のままでいるんじゃない。いつもみたいに、もちょっとびしっとしろっ」

「…チィ…何だよ、それ」

「いつものニィじゃねぇよ。ペットを飼うのは勝手だし、可愛がるのもいいけど、限度ってもんがあるだろ。もーう、見てらんねぇ。恥ずかしくって」

言われて深海の顔は、トマトの入った野菜ジュースのように赤くなった。

「変かな…俺」

「へーん、もう、超へーん。いいか…」

千尋は深海の耳元に口を寄せる。間違っても大樹には聞かれたくない内容を話すために。

「抱かれたからって…腰砕けになって、女になってんじゃねぇよ。甘い顔は…二人だけの時にしとけ。お前は…この家の中心なんだから」

「…千尋…」

「んだよ、いきなり名前なんかで呼ぶな。さっさとシャワー浴びて、体からやつの匂い落とせ。涼も…ったく、ちゃんとコンドーム使えよ。ニィの体の中まで汚すな」

一人いらつく千尋を、何を思ったか深海は突然立ち上がって抱き締めた。

「千尋、愛してるよ」

深海は優しく呟くと、千尋の頬に軽くキスまでした。

「でぇー、やめろっ。らしくねぇ」

思わず強く深海を突き飛ばす。深海はそれでもまだ笑っていた。

「いつも俺の後をついてきては、ぴーぴー泣いてたのに、男になりやがって」

「…そうだよ。オレ達は男だ。それを…忘れんな」

千尋は深海の手を取った。

小さかった頃は、いつもこの手を握っていた。そうすれば道にも迷わない。そう信じて。

いつの間にか手は離れて、兄の背中ばかりを見るようになった。

さらに時は過ぎて、兄の背中さえ見ることがなくなった今、千尋は兄の顔を真正面から見る。

似ているようで似ていない。母に似た自分とは違う深海の顔には、どこかに父親の表情が宿っているはずだ。

それを見つけたくても、千尋も深海も父の顔さえ知らなかった。

波にうまく乗れない。いつもよりずっといい波が来ているのに、千尋は何度も無様なワイプアウトを繰り返していた。

集中出来ないのだ。心の中にあるもやもやとしたものが形にならないから、余計に苛つく。

風が出てきて、ウィンドスゥエルと呼ばれる風波が海面を騒がせていた。嵐が来る予感からか、いつもより鳶の動きも慌ただしい。補食に精を出しているようだ。

浜辺をのんびりと犬を散歩させる人の姿が見える。フリスビーを犬に拾わせようとする人もいたが、丸いプラスチックで出来たフリスビーは、風に乗って思わぬ方向に飛んでいった。

何をこんなにいらつくのだろう。深海を涼に与えたのは自分だ。二人が思っていたよりもずっとうまくいって、千尋も満足しなければいけないのだろう。

なのにおもしろくない。

もしかしたら涼が、深海に拒絶されればいいと思っていたかもしれない。真面目な深海のことだ。弟と寝るなんて絶対にしないと、心のどこかで期待していたのではなかったか。

「えーっい、くっそー。何で集中出来ないかな。こんなんじゃ来週の千葉も危ないぜ」

うねりが海底の砂まで持ち上げるのか、海水はいつもよりずっと濁《にご》っている。まるで千尋の心そのままの色のように見えた。

「マー、怒ってるのか。オレがニィを涼にやっちまったから」

ボードの上に腹這いになり、手で水を掻いて沖に進みながら、千尋は水面に向かって呟く。

「いいだろう。だってニィは一人じゃ生きられない。傷だらけの涼がいれば、あいつはそれだけで生きる目標が出来る」

あまり沖に出ると、流される危険がある。千尋は知り尽くした海の頃合いを計って、それ以上進むのをやめてうねりを見つめた。

「マー、何で呪いなんてかけたんだ。オレ達を他の女にやるのが悔しかったのか」

ボードの先端を岸に向けると、見慣れた松林が見えた。右手には江ノ島。左手にはずっと遠くの伊豆半島が見える。

「オレも…女相手だと勃《た》たねぇの。知ってた、マー?」

呟く千尋の顔は、いつの間にか泣き笑いの表情になっていた。

「ニィもそうかなと思ってたら…だったろ。みんな…マーのせいだ。いつまでもオレ達を支配し続けてて満足なのかよ」

どんなに水面に呟いても、海は答えてはくれない。千尋の手の中で、海水は一瞬として留まることなく流れ落ちていくだけだ。

「マー、会いたいな。またマフィン焼いてよ。オレ、寂しいんだ。ニィは昔っから、ペットとか飼いたがったけど、オレは飼えなかった。死ぬの、見るの辛いから。だからさ。どうやってみんながいなくなった部分を埋めたらいいか、わかんねぇよ」

その時最高にいいうねりがやってきた。

「きたーっ」

千尋は素早くボードの上に立ち上がる。

波は苦もなく若い男の体をボードごと海上に持ち上げた。そして素晴らしい速さで、岸へと運んでいく。

松林の向こうにある、大空歯科医院の看板がちらっと視界を過《よ》ぎる。

そこに帰ればまだ母がいて、休日の特別となっていたマフィンを焼いて待っていてくれるような気がした。バターにジャムにチョコレート。生クリームにフルーツ。甘みの少ない焼きたてのマフィンに好きなものを乗せて、栄養価も何も無視してひたすら食べる。

幸福な休日が、あそこに帰ればまだ続いているような気がした。

けれど今そこにいるのは、母の代わりに歯科医院を引き継いだ大樹だけだ。

波を愛するあまり、都会の歯科医に勤務することも、新たに住宅地に開業する途《みち》も選ばず、診察前に海に出られるという理由で、安い給料に文句も言わず働き続ける男だけだ。

鎌倉の老舗《しにせ》の和菓子屋の三男で、遺産を貰う代わりに歯大に行かせてもらったのだという。昔気質《かたぎ》の大樹の両親は、波乗りなんて不良のやることだと恐ろしく時代錯誤な考え方をしていて、海から離れられない大樹を理解することはなかった。

本当に海だけが好きだったのか。

千尋はそうは思っていない。大樹が本当に好きだったのは、自分達の母親、マーだったんだと思っている。

　年の差なんて関係ない。性別だって関係ない。人が人を好きになるのには障害なんてないのだ。涼だって深海を愛し、受け入れられたではないか。

　大樹も奇跡を信じて、歯大にまで行ったのではないかと千尋は思っている。

　まだ小学生の時に、ウェットスーツ姿で診察室にいた大樹の姿を初めて見た。高校生だった大樹は、うんと年上の大人のように見えたものだ。

　それから日曜に海に行くと、必ず大樹に会うようになった。母と深海と、そして大樹を交《まじ》えて波に乗って遊んだ。体の大きな大樹は疲れることを知らないようで、一日千尋達とも遊んでくれたものだ。

　日が沈むと、そのまま大樹は家までついてきて、一緒にマフィンを食べてから帰った。帰る時に、いつも大樹は何か言いたそうにしていた。けれど母は優しく微笑むだけで、煙草を挟んだ手をバイバイと振った。

　千尋はそんな大樹を見ると、いつも決まって泣きたくなったものだ。

　帰らなくてもいいのに。ここにいて、一緒に暮らせばいいのに。

　そうしたら千尋は、この家にはいないのにいることになっている父親の姿を、大樹に被せることが出来るのにと願ったのだ。

　大樹は勇気と根性のある男だと思う。なぜなら本気で歯大を受験して歯科医の資格まで取り、堂々と母の元に就職したのだから。

一度だけ母に頼んだことがある。誕生日のプレゼントに何がいいかと聞かれた時に、千尋は素直に大樹と結婚してと頼んだのだ。

二回結婚は出来ないんだよと、母は嘘をついた。

実際母は、二度の離婚と、三度の結婚をしたではないか。そうやって涼を引き取ったのは、お父さんのために他の男とは結婚しないと言って千尋を泣かせた母だったのではないか。

なのに大樹の愛を受け取ろうとしなかったのはなぜだろう。

年の差が有りすぎるからか。それとも母には心に想う人がいて、誰をも受け入れるつもりがなかったのか。

母はずるいと思う。愛は受け取らなかったくせに、自分がいなくなった時に歯科医院が困らないように、もっとも信頼出来る大樹を雇ったのだ。大樹の愛情を、利用したとしか思えないではないか。

実際大樹が来てから数年も経たずに、母は発病してあっさりとこの世を去った。

結婚もしないどころか、女も作らずひたすら働く大樹を、千尋は心底可哀相だと思う。

呪われているのだ。マーを愛したばかりに、他の女を愛することを許されなくなってしまった、哀れな呪われた男なのだ。

大樹が解放されるのには、ここを出ていくしかない。新しい別天地で自分を取り戻すしかもう途はないだろう。

そうしてあげたくても、深海が歯科医の資格を取るまでまだ数年かかる。その間大樹抜きでは、医院を存続することも出来ない。すでに患者の多くは、大樹をこの病院の院長だと思って通院しているのだ。患者の信頼をも失ってしまったら、深海の代にうまく引き継ぐことも難しくなる。

海が荒れ出すと、腰の落ち着きがなくなる変な先生。大きな手をしているのに手先は器用で、あまり痛くないと患者の評判はいい。子供相手も得意で、千尋は子供を笑わせながら診察している大樹の姿を見ているのが好きだった。

波に乗りながら、どうして大樹のことばかり考えているのか。

千尋はもう知っている。千尋は大樹が好きなのだ。なのに我慢しているのは、わがままな自分としては最大の努力の結果だと思う。

波打ち際に千尋を運ぶと、波はさよならも言わずに消えてしまう。千尋はボードを引きずって一人浜に取り残された。

また新しい波に出会い、一瞬とも呼べない短い時間波と恋愛するために、ボードに乗って沖に向かわないといけない。

どんなに海を愛しても、海は決して千尋を抱き締めてはくれない。優しく海水で包んでくれるだけなのだ。

千尋は深海を羨ましいと思う。抱き締めてくれる腕を、深海はついに手に入れた。千尋がずっと欲しいと願いながら、一度も手に入れられなかったものを、深海は先に手に入れたのだ。

愛してくれる相手と眠る幸福とはどんなものだろう。

セックスは知っているけれど、そんな幸福はまだ知らない。

千尋は哀しくなる。自分だけが沖に流されてしまったような、心細くて泣きたい気持ちだ。

「マー、そこにいるのかな。いればいいのに…」

海にまだ母の魂はいるのだろうか。千尋はそれを確かめるように、再び沖に向かってボードに乗って漕《こ》ぎ出していた。

食事の後で、また千尋が消えた。深海は食器を片づけながら、何となく元気のない涼と千尋の心配ばかりしている。

千尋に元気がないのは、日曜の大会が中止になったせいだと想像はつく。だが涼の様子がおかしいのに、思い当たることは一つしかなかった。

今日、珍しく涼に手紙が来ていた。差出人は母が依頼していた弁護士事務所からで、いくら身内とはいえ勝手に深海が中身を確認出来るようなものではない。その手紙を読んだ後、最近やっと明るくなっていた涼の顔に再び凶暴な影が射した。

大樹はまだ帰らず、のんびりとテレビの野球中継を見ている。いつもなら一緒になってテレビを見ながら、大樹の呑むビールを奪って呑んでいる涼が、今夜はすっと二階の自室に消えた。その後ろ姿をちらっと振り返り、大樹は煙草に火を点けながら呟く。

「何だ。停学解けてやっと学校行ったら、またあれか」

「機嫌悪いの、原因は学校かな…」

深海の声には思わず不安が滲む。自分にも相談してこないというのは、余程のことがあったのだ。そうでなければここ数日でずっと増した親密度のせいで、べったりと自分の側に張りついていた涼の、態度の急変が理解出来ない。

「深海…お前ら、どーも変だぞ。いったい何があった」

「……」

大樹には話すべきなのだろうか。涼とそうなってしまった事実を。

深海は俯き、答えを探す。けれど答えは浮かばなかった。

「言えないようなこと、みんなしてやってるのか。びっくりパーティの企画なら嬉しいがな。誕生日はまだ先だぜ」

「ごめん…その…ちょっと色々有りすぎて」

「何があったのか知らないが、マーが死んで三年、今日まで仲良くやってきたんだ。それぞれが自立するまでもう少しだろ。いつもみたいに仲良くやれよ」

「仲は…いいんだ。みんな問題抱えてて…大変なんだよ」

それしか深海には言えなかった。

「問題？　どんな問題があるって言うんだ」

「言ってくれないんだ。俺…信頼されてないのかな」

深海は哀しくなる。何も話してくれない涼の態度に、不安が募るのだ。

「涼の心配ばっかりしてるから、千尋はいじけてんだろう。あいつはいつだって、自分が中心じゃないと満足しないから」

「それも…あるかもしれない」

ますます深海は不安になる。涼とそうなってから、千尋を軽くあしらっていなかったか。大樹に言われて、確かに思い当たることがあると深海は反省した。

「どうしょうか。大樹…俺…」

「千尋はまた例の友達の店だろう。わかった、今からみんなでその店行って呑もうぜ」

「えっ…」

「呑んで騒いでるうちに本音が出る。この家にいるとどうもいけない。マーに遠慮してるのか、みんな本音を晒さないからな」

大樹は立ち上がると、煙草を灰皿にねじ込んだ。

「車、千尋が乗っていっちまったんだろう。そろそろもう一台買えよ。金がないわけじゃないだろう。涼だって来年になりゃ免許が取れる」

「うん…そうだった」

時々大樹は、こうして自ら父親か長兄の役割を担《にな》ってくれた。それは深海にとっては有り難い。物事一つを決めるのに、深海では決断力が弱すぎる。

「車、持ってくるよ。千尋が行ってる店の場所、わかるだろ」

「稲村《いなむら》ヶ《が》崎《さき》だって言ってた。カリビアーナ、そんな名前だったよ」

「涼に少しはましに見える格好させろ。お前も着替えて、みんなでぱーっと呑みに行こうぜ」

「そうだな。大樹…その…ありがとう。心配してくれて」

大樹は優しく笑うと、通りすがりに深海の肩をぽんっと叩く。深海は昔していたように、お返しのつもりで軽く背中を叩いた。すると大樹はひどく真面目そうな顔になった。

何か言いかけたまま、顔を背けて出ていってしまう。後ろ姿を見送りながら、深海はみんながおかしいと言う大樹だって、いつもとちょっと違っていると感じた。

風が出てきていた。誰かのボードがちゃんと固定されていないのだろう。かたん、かたんと耳障りな音がする。台風の時は海からの風が直撃する家なので、様々な防護策は講じられているが、それでも微かに不安があった。

古い家だ。自分達兄弟が生まれる前からあった家だ。医院も本宅も、改装に改装を重ねて住みやすくはしているが、それでもこんな時には不安になる。

「涼。雨戸、閉めておいた方がいいかもな。明日から雨になるかもしれない」

二階に上がり、涼の部屋の前でわざと大きな声で言った。

「大樹がチィのバイトしてる店に行かないかって。どうする。着替えて…」

深海は涼の部屋のドアを思い切って開いた。

本当はこの部屋はあまり好きじゃない。母の思い出がありすぎるからだ。今はすっかり高校生の涼が暮らす部屋らしく様変わりしているが、入ればどうしても思い出してしまう。

入院する前、母はベッドに着替えを広げて準備をしていた。ちょっと旅行にでも行ってくるというような気軽な雰囲気だったから、深海は深く考えもせずにそんな母を見つめていた。

母は何気なくいつもしていたピアスを外して、たいした物も入っていないジュエリーボックスにそれをしまった。

二度とここには帰れないと予感があった訳でもないだろうに。

そのピアスは今は千尋の耳にぶら下がっている。深海は何も母の遺品を身につけない。いつか歯科医になって診察室に入ることが、母の遺品を引き継ぐことだと信じたからだ。

だから診察室にはあまり入らないことにしている。書類上は経営者だが、すべてを大樹に任せていた。母の期待通りに資格を得てからではないと、神聖な診察室に入ってはいけないような気がするのだ。

この部屋にもあまり入りたくない。出来れば入り口で話そうと思ったが、中の様子を見て深海は思わず入り込んでいた。

「涼…どうした」

スタンドの明かりがついているだけだった。涼は窓を開き、南からの風が部屋に吹き込むのに任せて、ぼんやりと松林を見つめている。その顔には思い詰めたような表情が浮かんでいた。

「大樹が呑みに行こうって」

「悪い。友達と約束しちまった。二人で行って…」

「約束？　こんな時間に…」

時間は夜の八時を過ぎている。確かに涼ももう十七だ。子供ではない。今から友達と会ってもおかしくはない時間だったが、いつもは決してそんなことをしないだけに気になった。

「行きたくないいんならそう言えよ…」

深海の顔にも暗い影が射す。

はっきりと認めたくはなかったが、涼が自分達よりも友達を選んだことに嫉妬しているのだ。あまりにも幼い感情に、深海は自分を持て余した。そのせいで口調もついきつくなる。

「ニィ…怒った」

「別に…いいけど。大樹、心配してくれてるんだよ。何かここんとこ俺達、ばらばらになってるような気がするって…。チィが落ち込んでるのも、俺達のせいじゃないか。自分達のことで頭が一杯で、チィをハブにしてただろ」

棘《とげ》のある言い方をしてしまったと、深海はすぐに後悔した。涼と千尋。どちらがより大切かなんて、答えが必要なものでもないのに。それは涼にとっても同じのはずだ。涼には涼の生活がある。一日のすべてを深海に捧《ささ》げるわけにはいかないのだ。

「悪かった…涼も約束してたんだもんな。いいよ、大樹と俺で行くから。あんまり遅くまで遊んでるなよ。また停学にでもなったら…」

部屋を出ようとしたら、涼は深海に近づきその腕を引いて抱き寄せた。抱き方がいつもよりずっと荒々しい。今朝までは包み込むように優しく抱いてくれていたのに。

「何か…あったんだろ。言わないのはフェアじゃないよ。俺がすぐに心配するって知ってるくせに、そういうことするのか」

涼の腰を抱いてやりながら、深海は少し上にある顔を見上げた。

「親父から手紙きたんだ…それだけ。検閲《けんえつ》されっから、つまんねぇことしか書いてないんだけど、やなもん見ちまったたって感じ」

「それか。暗い顔してた原因は。学校でまた何か言われたのかって心配しちゃったよ」

「ニィが心配するようなことじゃない…」

涼は唇を押しつけてくる。それを深海は微笑みながら押し返した。

「明日学校休みだろ。どうせ今夜も俺のベッドで寝るんだったら…そういうのは後で」

言ってしまってから、深海の顔は赤くなる。自分から誘うなんて深海としては初めてのことだった。涼はそんな深海を見て、微かにだが笑顔を取り戻す。

「やっぱりおれも一緒に行くよ。途中、ちょっと抜けるかもしれないけど」

「じゃ着替えて。新しい店、どんな雰囲気かわからないから、変な格好して行ってもな。チィがまた俺に恥かかせやがってって、怒り出すかもしれない」

「ん…」

そう言ったものの涼がまともな服なんて持っていないことを深海は思い出した。千尋と深海はほとんど体型が変わらないので服を共有出来るが、涼はワンサイズ大きい。大樹の服では大人っぽくて似合わない。困ったなと思ったら、涼は黙ってクロゼットから何枚かのシャツを取り出した。

「どういうのがいいかな」

生地の薄い、体にぴたっと張りつくような洒落たデザインのシャツだった。描かれているブランドロゴは深海でさえ知っている有名ブランドだ。小遣いもほとんど貰っていない涼が持つには、不釣り合いに思える。

「どうしたの…それ?」

「貰ったんだけど…着てくとこないから」

また深海の機嫌は悪くなる。そんなものをくれる相手を想像すると、どうしても女の影がちらついた。

「ニィ、心配しなくていいよ。友達から貰ったんだ。処分品だって」

涼は曖昧な笑顔を浮かべる。それがかえって嘘臭く思わせた。

「おれに似合わない?」

一枚の黒っぽいシャツを着てみせる。まるで涼を美しく見せるために作らせたのではないかと思うほど、その姿は決まっていた。偶然に貰ったものとは思えない。苦労して涼のために探し出したように思える。

すっかり大人の男になってしまった涼を見つめながら、深海は心の中にある疑念をどうにか振り払おうとあがいた。

「合ってる…おまえって、いい男なんだな」

「そう思う?　顔がこんなじゃなかったら、ニィはおれに抱かれなかった」

「顔で認めたんじゃない」

深海は怒ったように横を向いた。

「怒んないでよ。おれ、自分の顔がだんだんと親父に似てきてるんでショックなんだよ。親父、すげぇいい男でさ。それを武器にして女引っかけては、ヒモみたいに暮らしてた。何でかな。あんな最低の男なのに、貢ぐ女がいつもいて」

「マーも…そうだったのか」

怖々と深海は聞いた。

いなくなってしまった父といい、母にはそういった駄目な男に惹かれる傾向があったのかもしれない。

「マーは違う…。マーは…おれを助けたかっただけだ」

「そろそろその辺りの詳しい話を聞きたいんだけど。お前、いつもはぐらかすよな」

「うん…いつか話さないといけないんだろうけど…もう少し待って」

涼は着なかったシャツを丁寧にたたみ、再びクロゼットにしまった。

「ニィ…」

「んっ?」

背中を向けたままの涼の顔は見えない。深海はぼんやりと自分は何を着て行こうかと考えながら、薄いシャツが余計に目立たせる広い背中を見つめていた。

「やっぱり子供って、親に似るもんなのかな」

「外見はね。遺伝子のせいで似るんだよ。親父が禿《は》げてると、必ず禿げるって言うぜ。俺達は親父知らないから。俺は…気にしないつもりだけど、チィは禿げたら大騒ぎするだろうな」

深海はわざと明るく、いつものように冗談めかして言った。

「親が狂ってると…おれもいつか狂うんだろうか」

「…そんなことはない。その後の生育環境とかで人間の性格は形作られるんだから」

「だったらおれが狂わないって保証はないよな。親父が刑務所入るまで、毎日殴られてたし…」

「何言い出すんだ。そんなこと気にするな」

一通の父親の手紙が、涼を暗い過去へと引き戻す。深海は慌てて涼に近づき、背後からそっと抱き締めた。

「悪い方にばっかり考えるなよ。そういった考えに引きずられるのはよくないよ。今は何も問題ない。うまくいってるんだから」

「そうかな…おれ、苛ついてる時に何人も殴っただろう。あの時、自分の中に親父がいるんだってすごく感じた。このままだったら…いつかニィも傷つけちまうかもしれない」

「いいよ。それでも受け止めるから…」

「無理すんな…。でも、おれ…ニィが他の誰かのこと、おれより好きになったら…そいつ殺しちまうかもしれない」

深海は否定しようとして言葉に詰まった。

自分にこの激しい気性を隠した涼を、一生愛し続けると確約出来るのか、不安になったのだ。

「ニィには、本当は大樹みたいな大人の男が合ってるんだろうな。感情も欲望もうまくコントロール出来てさ。何でも相談出来るようなやつが…」

「どうしてそれが大樹なんだよ。女だとは考えないのか」

深海は、無理矢理涼を自分の方に向かせた。涼はクロゼットの扉に凭れながら、深海を見ようとはせず視線を外した。

「抱かなけりゃよかったんだ…我慢してたのに…ずっと我慢してりゃよかった」

「どうしちゃったんだよ。今朝まであんなにいい感じだったのに。俺は後悔してないよ。涼がどんな大人になるのか、楽しみだし。もっともっといい男になれよ。外側だけじゃなくって、中身もさ」

「そうしたら…おれを捨てない？」

「物じゃないだろう。捨てたり、拾ったりなんて」

「けどさ。おれは…ニィに拾われたんだぜ」

深海はついに涼に抱きつき、自ら唇を重ねた。

涼の不安を消すには、言葉は不向きだ。暖かい肉体に触れさせて、安心させてやるのが一番いい。そう思って深海はいつもよりずっと丁寧にキスを捧げた。

「そうだよ…俺がこの家に涼を迎えたんだ。最後まで責任取らせろ。一生…俺のために朝飯作ってればいいんだ。そしたら…ずっと…涼だけを愛していくから」

「ニィ…好きだよ。大好きだ」

そのままの勢いで二人の体がベッドに倒れた時、下の道路で車のクラクションが続けて鳴った。どうやら迎えが来たらしい。深海は慌てて涼を押しのけて起きあがると、窓から下の車に向かって手を振った。

「今行く。待ってて」

そんな深海を見つめる涼の顔からは、やはり笑顔は消えている。何かを深く考える顔になっていた。

三人が『カリビアーナ』の店内に入ると、椅子に座ってトロピカルカクテルを呑んでいた女達がいっせいに視線を向けてきた。大樹は滅多に着ない洒落た麻のジャケットの下に、カラフルなシャツを着ている。襟元が大きく開いていて、そこから魅力的な鎖骨がのぞいていた。

涼もとても十七には見えない。細身のパンツを穿《は》いているせいで、足の長さとヒップの形良さが際だつ。

深海は大学の講義に出る時と同じ、いかにも大学生らしい格好をしていたが、それがかえって派手な客の間では目立っていた。

カウンターで大騒ぎをしている一団がいる。ローカルのサーファー連中だ。その中心にいるのは、当然のように千尋だった。

「でなっ、そのカメラマン野郎。素人のくせにウォーターショットでオレのライディングを撮ろうとしてたのよ。ボードが波に乗ったら、どれだけのスピードになるかわかってねぇの。こっち、もう必死よっ。大声出してさ。てめぇっ、死にたくなかったら、頭取り外せってさぁ…あれ」

千尋は三人に気がつき、困ったような顔をした。当然その中の何人かは深海や大樹と顔なじみだ。気軽に手を挙げて挨拶してくる。

「やだな。何しに来たんだよ、みんなで」

「千尋が呑みに来いって言ったんだろ」

大樹は千尋の頭をぽんぽんと叩くと、カウンター近くのテーブル席に座った。

「言ったけどさ…そんなに決めてくることないじゃん。オレ、一人だけこれかよ」

色も褪《さ》めたTシャツにハーフパンツ姿の千尋は、ぷっと頬を膨らませた。だがすぐに機嫌を直して皆と同じテーブルに着くと、あれがうまいのこれを呑めと仕切りだす。いつものように声が明るいので、深海は救われたような気がした。

「バンドって…ショータイムは」

大樹はステージに並んだ楽器を見て尋ねる。千尋は時計をちらっと確認して、次のショータイムを教えた。バンドのメンバーだろう。それほど色が濃くはない肌色をした男達が、お揃いのアロハ姿で酒を呑んでいる。千尋はメンバーの名前を教えながら、あいつは酒好き、あいつは女好きと聞かれてもいないのに喋っていた。

平和な夜が戻ってきたなと深海は思った。気を利かせてくれた大樹に感謝しないといけない。千尋は涼のシャツを引っ張り、どこにこんなの隠してたと騒ぎ立て、大樹は煙草を吸いながら微笑んでそんな二人を見つめていた。

千尋の笑顔は救いだ。自分一人では、涼をここまで明るく変えることは出来なかったと思う。千尋の明るさは母譲りなのだろう。深海は涼の言葉を思い出し、では自分のこの性格は誰からのものなのだろうと考えていた。

『蟹《かに》さんは海にいるから楽しいの。遊んでもらったら、海に帰してあげようね。お母さん蟹が海で待ってるかもしれないでしょう』

突然記憶の底から、不思議な言葉が浮かび上がる。よちよち歩きの千尋の足跡が、砂についていた。その後を追って歩く人は、蟹を捕まえては遊んでいた深海に母のように言ったのだ。

『ねぇ、人魚は…どこにいるの』

深海は沖を示して聞いていた。

『人魚はいないよ。海にいるのは…あれは人魚ではないのです。海にいるのは、あれは、浪《なみ》ばかり…。そう…人魚なんていない。あれはおとぎ話。誰も人魚を人間にしたりは出来ないの。海は、空を羨ましがって、浪を立てて呪っているの…いつまでも』

海風がその人の長い髪を揺らしていた。

その顔を思い出そうとした時に、カリビアンバンドの演奏が始まった。すでに酔っているのか、千尋は大樹にべったりと寄りかかって、カリプソやレゲェのバンドの話をしている。料理の皿の中身はそこそこ減り、空いたグラスが並んでいて、深海も軽い酔いを感じていた。

いつの間にか涼は席を立っている。トイレかと思ったがいつまでも帰ってこない。約束していた友人に会いに行ったのだろうか。

深海はトイレに向かった。涼が酔った姿なんて見たことがないから、あの程度呑ませたくらいならと心配していなかったが、何か引っかかるものがあったのだ。

広い店内は所々に観葉植物や南国の飾り物が置かれている。照明は薄暗く、松明《たいまつ》と蝋燭《ろうそく》がゆらゆらと揺れているのが、異国にいるような錯覚を起こさせた。その間を客なのか従業員なのか、若くて美しい男女が魚のようにすーっとすり抜けていく。

入り口に近い席で、背の高い衝立《ついたて》に囲まれた一画に涼の顔が見えたような気がした。一枚ずらして確認すると、確かに涼が誰かと真剣な顔をして話している。深海はそれとなく物陰から様子を見守り、知り合いの涼の同級生なら、すぐにその場から戻ろうと思った。

けれど違っていた。

相手は長い髪をした、美しい女だった。

深海は胸苦しさを覚える。二人の様子はうち解けていて、今日ここで知り合ったばかりとはとても思えない。時間からいっても、約束の相手は彼女に間違いないだろう。

毎夜抱かれている深海は知っている。涼は間違いなく牡だ。愛情から深海を抱いたとしても、本来備わっている性は牡なのだ。

女を選ぶことだって可能だろう。

彼女の着ている服はかなりセンスがいい。もしかしたら涼が今着ているシャツと同じブランドのものかもしれない。それならあのシャツが誰から贈られたか想像がつく。涼がわざと誤魔化したのも、彼女からのプレゼントだとは正直に言えなかったからだろう。

深海は愛される幸福を教えられた後に、同じ相手から愛することの辛さを教えられた。

涼を本当に愛しているのなら、これ以上涼をベッドに来させてはいけないのではないか。育った家庭が不幸だったのならなおさら、涼には幸福な家庭がこれから必要になるはずだ。そのためには自分との関係を、元に戻すしかないのだ。

弟…。深海はその甘い響きに胸を痛めた。

恋人ではなく、弟に戻せばいい。弟ならどんなに愛しても、誰も罪を問わない。

抱かなければよかったと涼は言った。その言葉には、彼女との関係も含まれていたんだと深海は邪推する。

愛されることをよく知らない涼は、体を繋げばそれだけで愛情を確認出来ると単純に考えたのだろう。深海はそれに応えてしまった後に、涼を、弟としてではなく男として、愛し始めてしまったのだ。

人魚は人間になれずに、泡となって海に消えた。男を愛したばかりに消えた人魚は、今でも浪を起こして空のように大きな心を持った男を呪っているのだろうか。

詩人中原中也はそんなつもりであの詩を書いたわけではないだろう。けれど今の深海には、そんな解釈しか出来なかった。

真夏の空のような男を、深海も待っていたのだ。やっと巡り会えたと思ったのに、一瞬だけの夢だったのか。

深海の目から、涙が一滴つーっと流れる。海水と似た成分を持つ涙は、すべての命の源である海から人への贈り物だ。感情を持つ人間に、哀しい時には自分の内なる海を波立てて、涙を溢れさせて流してしまえと贈ってくれたのだ。

「涼…」

動物を飼うのが好きだった深海に、母が飼うのを許してくれた動物も、皆深海を置いて消えてしまった。命の長さが違うからとそれらを諦めることは出来たけれど、最後に母が届けてくれたプレゼントは、哀しいことに深海と同じサイクルで生きる若者だ。

深海が生きている間、弟として同じように生きていくのだ。

手が届かないどこかに消えた後も、兄弟関係が消えることは二度とない。

深海は涙を拭う。涼をあの家からいつか出す決意を固めていた。

「ニィ…何してんの」

慌てて深海は顔を上げる。千尋にだけは知られてはまずい。そう思ったが遅かった。

千尋はやたら勘がいい。波を読むように人の感情を読む。うろたえた深海の様子を見て、すぐに衝立の影に隠れている男女の様子を覗いてしまった。

「何やってんだ、あいつ」

「いいよ、チィ。ほっとこう。俺達が口をはさむことじゃない」

「へーっ、そー。涙流してそういうこと言うんだ。ニィ、おめぇのいっちばん悪い癖だ。そうやって何でも我慢すんなっ。欲しいものは欲しい。やなもんはやなんだよ」

「駄目だ。悪いのは俺なんだよ。涼には…もっと相応しい相手がいる」

「ばーか。この世にニィ以上のやつがいるかっ。ふざけやがって。よくも泣かせたな」

千尋はそのままずかずかと涼と彼女がいるテーブルの前に近づいていった。

「千尋っ、よせっ」

思わず呼び止めてしまう。けれど千尋は兄の制止の言葉など軽く無視していた。

「涼。りょーうちゃん。お楽しみのとこ悪いんだけどぅ、お兄さんも混ぜてくんなーい」

千尋はにやにやと顔だけは笑いながら近づいていく。深海も思わずその後を追った。

「チィ…」

「わおっ、おねぇさまーっ、すってきーっ。こんなガキよりも、オレとどうっすか。オレ、一応プロのサーファーなんっすけど」

酔っている千尋は堂々と椅子に座ると、彼女に向けて自分が一番美しく見える笑顔を向ける。相手の美女もつられたのかにこっと微笑んだ。

間近に彼女を見た深海は、自分達より小柄な彼女の盛り上がった胸や、綺麗に化粧された顔を見る。夜の暗い照明のせいで、もっと若いと思っていたのが、近くで見ると意外にもずっと年上の大人の女だった。

「チィ…チィなの」

小鳥がさえずるような声で、彼女は千尋をチィと呼んだ。途端に千尋の顔つきは険悪になる。甘い顔は一瞬にして消えていた。

「んだよ。初めて会ったあんたに、チィなんて呼ばれたくないんだけど」

美女は口元に微笑みを残したまま、くるっと深海の方を振り向く。

「ニィ…ニィだよね？」

その顔を見た瞬間、深海の中で記憶が大きく混乱し始めた。

「何だよ、おねぇさまーっ。涼の身辺調査済みかぁ」

千尋は怒りを向けるが、彼女は動じることはなかった。

「チィ、誤解すんなって。彼女は…おれの親父の知り合いで」

「ふーん、で、毎週のように珊瑚亭で会ってたの。どうせなら刑務所に面会に行ってやれよ。涼はオレ達でちゃーんと面倒見てんだからよぅ」

どうあっても千尋は信用しないつもりらしい。深海は毎週のように彼女と会っていたことを聞くのは初耳で、ますます混乱していた。

「おっかしいと思った。涼がゴルチェのシャツなんか買うはずねぇもんなぁ。貢がせてるのかぁ。女によぅ。エッチ、一回でシャツ一枚か。ざけんなっ」

千尋は立ち上がると、涼の胸ぐらを摑んでいきなり殴ろうとした。すると慌てて彼女はその腕を摑み、ぎゅっと千尋を抱き締めた。

「そんなんじゃないの。お願い…千尋。怒らないで」

「うるせぇ、ばばぁっ。オレを千尋なんて名前で呼ぶなっ」

彼女まで殴りそうになったので、今度は深海が千尋を背後から抱き留めて、彼女と涼から引き離した。

「チィ、止めろっ。この人は…」

深海はじっと彼女を見つめる。彼女も同じように深海を見つめていた。長い髪。真っ黒な美しい髪は裾《すそ》にいくほどウェーブがかかっていて、小さな美しい顔から豊かな胸までをほどよく覆っている。

「どこかで…会ってますよね。俺、あなたを知ってる」

「そう？　勘違いよ…もう忘れて。今夜のことはごめんなさい。二度と涼ちゃんには会わないから」

「勘違いなんかじゃない。その声…」

深海は千尋を離して、立ち上がり帰りかけている彼女の手を急いで握った。

細い骨張った手だった。その手を深海はしっかりと握る。

「この手だ。間違いない。海に…いるのは。中原中也の詩を、よく海で口にしてた。人魚姫の本を読んでくれてたのも…あなただった」

黙って彼女は首を横に振る。けれど深海はさらに追いすがろうとした。

「ずっと忘れてたんだ。中原中也の詩を涼が口にするまで。でも思い出した。あの家に…マーと俺達が住んでた家に、あなたもいたんだ」

「いいえ。人違いよ。中原中也はわたしも好きよ。でも子供に聞かせる詩じゃないわよね」

にこっと彼女は笑った。そして巧みに深海の手を抜き取る。

深海の中で、記憶はどんどん蘇っているというのに。

「マフィンをいつも焼いてくれてたのはあなただ。あなたがいなくなってから、俺が泣いてねだったんで、マーも焼くようになったんだ。料理なんて下手でいつだって手抜きのマーが、俺のために必死になって同じマフィンを焼くようになった。覚えてる…覚えてるよ」

ううん、ううんと彼女は首を振る。その顔はとても哀しげになっていた。

「あなたがいなくなって、哀しくてずっと泣いてたんだ。そしたらマーが、犬を飼ってくれた。それで…俺は忘れたんだ。無理に忘れたんだよ」

「ごめんなさい。人違いよ。思い出を汚してしまったみたいで悪いけど、本当にわたしは…あなた達なんて知らない。名前を…涼ちゃんから聞いてただけ」

「じゃああれは…あれは誰だったんだ…」

幼い頃の浜辺の思い出。そこには必ず一人の人の姿があった。それは決して母ではない。もう一人の髪の長い誰かだったのだ。

「涼ちゃん。何も心配することはないから…。元気でね」

それだけ言うと、彼女はさっと店内から出ていく。その後を涼だけが必死に追っていった。

「何だよ、あのばばぁ。きしょいばばぁだぜ。いい年なのによ。化粧で若作りしやがって」

「……彼女だ。勘違いなんかじゃない。あの手、覚えてる。いつも俺と繋いでた手だ」

「ニィまで何だよ。ぼけるには若すぎるぜ。あのばばぁっ、むかつくっ」

千尋は憎々しげに言った。

「チィもおかしいよ。初めて会った人なのに、何、そんなにむかついてんだよ」

「へぇっ、おめぇ何にも感じなかったのかよ。あの顔見て」

「顔？」

「ニィに似てやがった。涼の野郎。ニィに似てるってだけで、あんなばばぁにまで手を出しやがって。別れろって前に言ったんだ。ニィを泣かせたら、いくら涼でも許さねぇって言ったのに」

千尋の言葉が、深海をますます混乱させていた。

自分にどこか面差しの似た女。涼はそんな女ともう何年も前から付き合っていたというのか。深海の知らないうちに。

「おい、どうしたんだ。みんなしていなくなったと思ったら、また喧嘩か。何だよ、せっかく仲直りしたと思ったのに」

大樹がついに心配になって様子を見に来た。千尋は押し黙り、深海は呆然としている。涼は外に出たまま戻ってこない。

「…何だよ」

千尋はポケットから車のキーを取り出すと、黙って深海に差し出した。

「涼、連れて帰れ」

「チィはどうするんだ」

「オレは…今夜は帰らない。殴り合いの喧嘩でも何でもやりたいだけやれっ。邪魔しねぇから」

「俺一人で…」

「そうだよっ。自分のことは自分でやるんだ。それが我が家の掟だろう。涼を甘やかすからこんなことになっちまうんだ」

「そうだな」

深海はキーを受け取り、大樹を振り返った。

「大樹、チィを頼む。今夜のことはそのうち…話すよ」

大樹は訳もわからず憮然としている。そのまま二人を残して、深海は店を出た。

風が強くなってきていた。季節外れの台風は、梅雨前なのに雨を多く含んだ低気圧を引きつれて、関東めがけて進んできている。波が稲村ヶ崎の岩場に当たって激しく砕ける音が、ここからも聞こえていた。

「涼…」

話はもう済んだのだろうか。深海は涼と彼女の姿を捜した。すると涼だけがぽつんと、駐車場に座り込んで両手に顔を埋めていた。

泣いていたのだろうか。

「…彼女は?」

「行っちまった…」

涼は顔を上げようともしない。

その様子を見て、深海は涼が彼女を本当は愛していたのだと思った。

「追いかけろよ。年の差なんて気にしなくていい。俺のことも…考えなくていいんだ。自分の思うようにすればいいんだよ」

「…違うって言ってるだろ…。あの人は…そんなんじゃないんだ」

「だったら…一緒に帰ろう。雨が降ってきそうだ」

生ぬるい風の中に、重たい湿った空気が含まれていた。晴天の時は降るほどに星の見える夜空は真っ暗で、露出した素肌は潮を被ったようにべたついている。

深海は涼の手を引いて立たせる。泣いていたのはもう明らかだった。

「涼…帰ろうよ。俺達の家に」

彼女の姿はもうどこにもない。あり得ないとは思ったが、深海はなぜか彼女が海に還《かえ》ったような気がしていた。

家に帰り着く前に、大粒の雨がフロントガラスを濡らした。砂で汚れた車は、ワイパーを動かす度に最初がしゃがしゃと嫌な音を立てていたが、すぐに激しい雨が砂を綺麗に洗い落としてしまった。

風の音が車の中からでも聞こえる。夜目にもはっきりとわかるほど波は激しくなり、白い波頭が幾重にも重なって浜辺を襲っていた。

家に戻ると大空歯科医院の看板が揺れていた。潮風にさらされているので、どんなに溶接しても錆びるのは早い。吹き飛ばされなければいいがと、深海は不安そうに看板を見上げながら自宅の駐車場に車を駐《と》めた。

涼は何も言わずに自室に引っ込んでしまう。深海はダイニングルームのテレビをつけ、天気予報を捜してチャンネルをさすらった。

『関東地方は今夜から雨となるでしょう。時季はずれの大型台風三号は、勢力を保ったまま、現在太平洋上を北上し続けています。明日の昼過ぎには、関東から東海地方を直撃するとみられ、今後も台風の進路にご注意ください。現在、出されている警報です…』

冷蔵庫から水の入ったペットボトルを取り出すと、深海は直接口をつけて流し込む。しなければいけないことをぼんやりと考えていた。

ボードが飛ばされないようにしっかりと固定しておかないといけない。それから涼のバイクを駐車場の奥に移動してやり、歯科医院の前に植えられた木の様子を確かめてやらないといけなかった。

　家を継いだからには責任がある。身軽な千尋や涼を羨ましいとも思うが、深海は幼い頃からいずれはここを継ぐと自覚して育ったので、いい加減にはしたくなかった。

　そういった具体的な問題は、僅かな努力で解決する。けれど人の心は、どうやっても簡単に解決することは難しい。

「涼に手伝わせるか…」

　二階に上がると、まず千尋の部屋の窓のシャッターを降ろした。それから涼の部屋のドアをノックする。返事はない。ドアを開けると、涼は家を出る前と同じように、ベッドに腰掛けてじっとしていた。

「今夜は…悪かった。変なこと言ったよね、俺」

「…変なこと」

「似てたんだ、本当に。昔この家でベビーシッターをしてた人だと思う。髪の長い、優しい声の人。それくらいしか覚えてないのに、何でかな。彼女だって思えちゃって。失礼なことしちまった。また会うことがあったら、謝ってたって伝えて」

　深海は涼の横に並んで座ると、その広い肩に手を置く。自分の方に振り向かせようとしたが、涼は俯いたままだった。

「無理だよ。もう…会わないって言われたんだ。引っ越したって言ってたけど、住所も教えてくれなかったし」

「彼女のこと…好きだったんだろ?」

「そりゃね。あの人が母親代わりしてくれてた時があったから」

「それってマーに会う前」

「……」

涼は答えず、顔を覆う。深海はその頭を自分の胸に抱き、優しく髪を撫でてやった。

「俺…妬《や》いてたんだ。今夜会う約束した友達が女だってわかって…泣けるほど辛かった。ごめんな…そういう大切な人だって知ってたら、きちんと挨拶するべきだったのに」

「ニィ、早く大人になる方法ってねぇのかな。大切な人を守れるだけの強い大人になりたい。それが出来ないいんなら、おれはここから消えた方がいいんだ」

「何言ってるんだよ。ほっといたって大人になるんだ。急ぐことない。俺は…待てるから」

涼は顔を上げたと思ったら、そのまま深海の唇に自分の唇を重ねた。待っていたというように、深海もきつく涼を抱いて受け入れる。

言葉で慰めるよりも、互いの体の熱さで暖め合う方がずっと分かりやすい。深海は涼のシャツのボタンを外して、堅い胸に手のひらで触れる。厚い胸板の奥では、心臓がことことと動いているのが感じられた。

「彼女を追いかけていっていいなんて…嘘だ。涼がいなくなったら、寂しくて泣くのわかってるのに、俺はいつも綺麗事ばっかり言う。涼…俺の言うことなんて信じるなよ」

深海は自らシャツを脱いだ。積極的にズボンまで自分で脱ぎ捨てる。涼に抱かれたいんだとはっきりと意思表示しているのだ。

「どうせ明日は一日雨だ。このまま二人で一日ベッドの中にいよう」

珍しく積極的な深海に戸惑いながら、涼もベッドの上に上がってくる。深海は体の位置をずらし、涼のものを自ら先に口に含んだ。

「おかしいよ、ニィ。自分からそんなことするなんてらしくねぇ」

「自分に正直になってるだけだよ。こういうこと…俺もしてやりたかったんだ」

涼の性器は微かに海の味がする。嵐の始まりの夜の中、深海の思いはまた夏の海に向かっていた。爽やかな風や、海鳥のあげる声さえ感じられる。夏の似合う男には、嵐の暗い海は似合わない。今夜のことを頭から追い出すために、深海は無理矢理心に夏を描き続ける。

積極的に深海は舌を使った。丁寧に先端の裏側を刺激し、吸い上げ、飲み込んで涼に快感を提供する。しばらくじっとしていた涼は、ついに自分の上にある深海の体を引き寄せて、広げられた足の奥にある部分に舌を差し込む。

「うっ…あっ…ああ」

声を出すのはいつだって深海の方だ。涼はいく瞬間に低くため息を漏らすだけ。それとも涼は深海のあげる声を聞き逃したくなくて、無理に声を押し殺しているのかもしれない。

「んっ…」

深海の腰は自然と誘うように動き出す。ソフトな舌の刺激だけに焦《じ》らされて、もっと激しいことをして欲しいと望んでいるのだ。

涼はそこに指を差し込む。すると深海の体が大きくのけぞった。

「ああっ…あっ」

奥までぐっと差し込むと、それにつれて深海の性器も勢いよくびびっと揺れた。さらにしつこく続けると、もう深海には涼のものを楽しませるだけの余裕がなくなっていた。

「涼…俺にももう少しやらせて」

泣きそうな声で深海は懇願する。だが涼も深海の中に入りたくてたまらなかったので、さらに乱暴に指で中をかき回した。

「あっ…ずるい…そんなの」

深海の力が抜けて、口を離した途端、涼は起きあがって深海の上にのしかかった。そのまま足を肩に乗せて、十分に涼の舌によって湿らせた部分を大きく広げ、深海の舌で濡らされたものを深く差し込む。

「あっ…あああ」

目を閉じた深海はすぐにいきそうで、必死になって喜びの終わりを引き延ばそうとしていた。するとその部分はきつく締まり、涼を特別喜ばせることになる。

「ニィ…吸い込まれそう…だ」

「ん、ああ…もっと…強く、奥まで」

深海は恥ずかしい淫らな自分を思い切り晒した。

嵐の夜の中に二人きりでいると、無人島に流されたような気持ちになってくる。恋をした経験のある人間だったら、一度は心に思い浮かべるだろう。

何物にも邪魔されない、二人きりの生活。恋をするより他にすることもない、甘い時間を夢に見る筈だ。

「奥まで…涼を感じさせて。強く…もっと奥まで入れてよ」

泣き声に近い悲鳴をあげて、深海は懇願した。

逞しい涼の分身が、ぐっと奥深くまで入ってくる。せまい道を押し広げて、深海を泣かせる部分を先端でこづき回していた。

「いっ…いいっ」

深海の全身が大きくしなった。それと同時に性器の先端が開き、なま暖かい深海の喜びの印は外に飛び出す。実を結ぶこともない牡の精は、外気に晒されて短い命の時間を涼の体の上で終えた。

「まだ…まだだ…ニィ、まだ駄目だよ。終わりたくないんだ…ニィ…」

涼はいつになくしつこく、深海の中に留まっている。いった後の虚脱感に支配されながら、それでも深海は涼を喜ばせようと入り口を意識して締めつけていた。

「誰にも渡したくないんだ…涼…俺を一人にしないで」

涼の前では、深海は素直に泣く。

手を繋いでいた人は、いつの間にかいなくなった。可愛がっていた動物も土に還り、母さえもこの家からいなくなった。

喪失の哀しみは、何度思い返しても深海を泣かせる。

涼を今失ったら、深海は泣くだけでは癒されない、深い痛手を受けるだろう。

「どこにも行かないって約束しろよ…」

強く涼の体を抱いているのに、なぜか深海は不安になってさらに深く受け入れようと、足を涼の首の後ろで組んで引き寄せていた。

「んんっ…いきたくない…」

低く涼は呻く。

肉体のことを言っているのか、それともどこにもいきたくないと言っているのか、深海にも分からない。涼は唇を深海に押しつけて、漏れ出る声を押し殺していた。

「いやだ…終わりになんてしたくないよ」

どんなに願っても、男の肉体は萎えるか爆発するかしかないのだ。涼は深海に包まれたままで萎えるなんてことは決してない。ついに耐えきれずに、小刻みに体を奮わせて深海の中にすべて

をぶちまけていた。

「はぁっはっ…ああ、いっちまった。待ってろ、ニィ。すぐに続きやるから」

深海が足を解《ほど》こうとすると、涼はそれを捕らえて唇を押しつける。内股の柔らかい部分をほとんど囓《かじ》るようにして、強く吸っては跡をつける。深海はいつにない涼の凶暴なまでの愛撫に興奮して、潤んだ瞳を向けたまま自分の性器に手をやっていた。

「ニィは…綺麗だな」

涼は深海の体の所々に歯を当て続けながら囁く。

「綺麗って…男にそれはおかしいよ」

「おかしくないさ…マジでそう思ってるよ。ニィは心も綺麗だからな。それが出るんじゃないの。顔とかすごく穏やかなんだ…」

「そんなことないよ。褒めすぎだ」

「ううん…怒ってもニィのは何か可愛い。嫌な気持ちには絶対にならない」

甘えるように涼は、深海の手を取りそこに唇を押し当てた。

「ニィに哀しい顔は似合わないよ。怒った顔もだ。いつも笑ってて欲しいけど、そのためにはおれが戦わなくちゃ」

「戦うって…誰と？　俺達を邪魔するやつなんていないよ」

深海も涼の手を取り、指を甘く銜えた。優しく舌で愛撫してやると、涼はじっと深海を見つめていた。

「涼…何見てるんだ」

「ニィを見てるんだろ」

「それだけ?」

「今のニィを、忘れないように見てたんだ」

甘い言葉に深海の頬は緩んだが、涼は思い出したように悲しい声で言った。

「な、おかしいよな。どうして女達は親父に殴られながら、金を貢いだりセックスさせたりしてたんだろう。本当に好きなら、相手を大切にするもんだろう。おれはニィを大切にしたい。傷つけたくないって思うけどな」

「分かるような気もする。彼女らは…この人は自分がいないと駄目なんだって、自己満足が欲しいんだよ。だから他人から見たらつまんない男に尽くすんじゃないの。俺にもそんなところある。俺を必要としてくれる誰かがいないと、不安で寂しくなるんだ」

「おれが必要?」

「いなくなったら…その後どうやって生きていけばいいんだろう」

深海は涼を抱き寄せて、いつものように頭に唇を押し当てた。

「おれがつまんない人間だから、ニィの助けが必要だって思われてるのかな?」

「どこがつまんない人間なんだよ。怒るぞ」

「あの親父の子供だぜ」

「涼の親父さんは…愛し方を知らないんだ。愛され方も知らない。自分に都合よくしてくれるのだけが、愛されてることだと思ってたんじゃないかな」

深海にも男と女の世界はよく分からない。自分よりも弱い女や子供を殴ってでも、優位に立たないといられない男とは何なのだろう。

母に教えられたことは、相手が男なら殴られたら殴り倒せ。女だったら、殴りたくなる前に逃げ出せだった。逃げ出せの教えは今思い出しても笑える。母だったら逆に男を殴っただろうに。

「彼女も…殴られてた女の一人？」

悪いとは思ったが、深海は思わず聞いていた。

「違うよ…マーは親父と戦ってくれたんだ。殴る相手がいない時、親父は俺を殴るから、俺を隠して守ってくれたんだよ」

「マー？　違うよ。そうか、彼女の名前聞いてなかった。あの人はなんて名前。さっきいた綺麗な人だよ。俺が勝手に人違いした人」

「…本当の名前は知らない…。ずっとマーって呼んでた」

「えっ…」

思わず深海は涼の顔を自分に向けていた。

「マーって…でも俺達のマーと同じ呼び方ってことか。ややこしいな」

「…同じ呼び名なんていっぱいいるよ。そうだろ」

そうだろうか。深海は複雑な思いで涼を見つめた。二人のマーが涼にはいたのか。マーと呼ばれる女を母しか知らない深海には、どうも不思議に思える。

「その話は、もう終わりにしようよ。チィが気ぃ使ってくれたんだぜ。二人きりなんだからさ。楽しもうよ」

何かまだ秘密があるのだ。それを問い質《ただ》したかったが、いつか涼の顔は下半身に移動していて、深海を再び楽しませるために動き出していた。

おかわりしようとしたら、大樹がバーテンにノーと示した。千尋は空になったグラスを振ったが、残った氷のたてるかしゃかしゃかしゃという音しかしなかった。

「もうちょっと呑もうよ」

千尋は大樹のグラスも空になっているのを確認して、しつこくバーテンを呼ぼうとする。その手を大樹は握って止めた。

「その辺でやめとけ。帰ろう、送るから」

「やだよ。家には帰りたくない」

千尋は大樹の煙草を一本抜き取り、口に銜えて店の洒落たマッチで火を点けた。

「酒も呑みすぎ。煙草も吸い過ぎだ。ほらっ、帰るぞ」

大樹は伝票を手にさっさと立ち上がる。千尋はぐずぐずと立ち上がると、仕方なさそうにその後に従った。

「そろそろ話し合いは決着ついてるだろう。何があったか知らないが、お前が帰らないと、あいつらまたぎくしゃくしたままだぜ」

「いいんだ…オレが帰らない方がうまくいくの。大樹、今夜泊めて」

「分かりづらいやつらだよな」

どんなに聞いても、千尋は何も話さない。大樹はついに諦めて、千尋を自分の車に乗せた。

雨足は激しくなってきている。海から少し離れた場所にある大樹の家まで波の音は聞こえてはこないが、風は激しく吹きつけていて、駐車場から部屋までの僅かな距離を歩く間、二人は海に飛び込んだ後のようにずぶ濡れになっていた。

「ひでぇ降り」

「明日は土曜か。午後から休診なのにな。晴れてくれりゃいいのに」

大樹は恨めしそうに空を見上げながら、急いで部屋のドアを開く。その瞬間微かに煙草の匂いがして、男の一人暮らしらしい感じがした。

「シャワー浴びるか。タオルのある場所は分かるだろ」

濡れた服を急いで脱ぎながら、同じように濡れている千尋に言う。千尋はさっさとシャツを脱ぎ、タオルでわしゃわしゃと髪を拭っていた。

「決めてたのにねぇ。いいジャケットがびしょぬれじゃん」

「ったく、お前らのせいだぞ。呑み代までみんな払わせやがって」

「たまにはいいじゃん。次はオレが賞金で奢《おご》ってやっから」

「どうだかな。遊んでばっかりだと、足腰弱るぞ」

大樹は新しいシャツを引っ張り出し、それを千尋に投げつけた。千尋は受け取ったものの着ようとはしない。しばらく考えていたが、ハーフパンツも脱いで小さなビキニだけになると、その上に大きめの大樹のTシャツを着た。

「ねぇ、こういう格好ってエッチ臭くねぇ？」

両手を頭の上で組んで、千尋はグラビアの女の子のようなポーズを取る。

「どこがエッチ臭いんだよ。千尋がしてもな。海にいる時はいつもそんな格好だろ」

「そうか…そうだったな」

千尋は口を開けてあれぇといった顔をすると、そのままぼすっと大樹のベッドに倒れ込んだ。

「おい…千尋は床だ。今、毛布出してやるから」

毛足の長いラグの上に、大樹は毛布と枕を取り出して放り投げる。けれど千尋はベッドを降りず、腹這いになったまま勝手にまた大樹の煙草に手を出していた。

「こっちがいーー。ベッドで寝たかったら、オレつきで我慢しなー」

「どうしてお前ってやつは、いつまでたってもそうわがままかな。ガキの頃から進歩してないじゃないか」

「そりゃあさ、九つも違えばガキに見えるよ」

「年齢の問題じゃない。深海はお前と同じ年の頃から、もう大人の分別があったぞ」

「そうですかい。みーんなしてニィ、ニィってな。うぜぇ…どうせニィは大人だよ。オレと違ってな」

千尋は静かになった。黙って煙草をくゆらせている。大樹は雨戸を閉めて、天気予報を確認していた。

いつだってまずは天気予報だった。海が荒れれば波が立つ。自分のライフサイクルの中では、どれだけいい波に出会えるかが重要なのだ。特に大樹のように定時の仕事に縛られているものにとっては、楽しめる時間はどうしても限られてくる。

「日曜の午後からがねらい目だな。明日は一日降ってる。何だよ、本格的上陸は土曜の夕方からって」

残念そうに言うと、大樹はトランクスとTシャツだけの姿になって、携帯を取り出し千尋の眼前に突きつけた。

「深海に電話しとけ。今夜はこっちに泊まるって」

「電話ぁ。そりゃ今したらまずいっしょ」

千尋は慣れた様子で大樹の携帯をいじり回し、さっさとメールを打ち込んだ。

「今夜は…チィはこっちで寝かせる。やつがどうなっても知らないからな。おじさんより、なーんちゃって」

本当にそんな文面になっていたので大樹は呆れたが、メールはそのまま送ってから、再び電話を掛けようとしたら起きあがった千尋に奪われてしまった。

「何だ…」

「メールはいいんだよ。後で見ればいいんだから。電話はまずいっしょ」

「どうして…」

「やってる時にかかってくる電話ほど迷惑なもんはないって。ま、シカトされるだろうけど」

大樹は電話と千尋を交互に見比べた。言われた言葉がどういう意味か分からないほど、大樹の頭の回転は悪くない。

「いつからだ…」

「あれぇ、気がつかなかったぁ。まずかったかな」

千尋はわざと明るく言ったが、その顔は笑っていなかった。

「残念だったね。あれだろ。鳶《とんび》にマックのバーガー取られた気分」

「千尋…ふざけるな。いつからだって聞いてるんだ」

「ふざけてねぇよ。大樹もな。本音で言ったら。あんなガキに大切なニィを奪われて、黙っていられるかってなぁ。言っちまえよ」

二人は睨み合う。

険悪な空気が流れていた。

「ざまーみろっ、ばーか大樹。ニィはお前になんかやらねぇ」

「何で涼に…。やつはお前と同じ弟だぞ。他人にやるのがそんなに惜しいのか。千尋、お前がそこまで深海が好きだったとはな。知らなかった」

「……」

「お前じゃ実の弟だからな…。セックスは出来ないだろうが、それでいいのか、お前？」

「ばーか、何も分かってねぇの。いいけどさ…。オレなんてどうせ、バーガー以下だよ。だーれも攫《さら》いにも来てくれねぇもん」

千尋は口元を歪める。それが悔しい時の表情だと、子供の頃から千尋を見ている大樹は気がついていた。

「オレ、ひよっこのフライドチキンですけど、どうっすか。攫ってみませんか。マックと違って、また違うおいしさありますよ」

「千尋…どうなってんだ、お前達は」

「どうもなってねぇよ。涼は来た時からニィに夢中だった。あそこも大人になったからよ。そろそろ自分の物にしたくなったんだろ。いいじゃねぇ、二人は愛し合ってんだから。ニィが許したんだ。さっさと自分のものにしないから盗《と》られるんだろ。ばかなのは大樹さ」

パンッと千尋の頬が鳴った。

何をされたのかしばらく分からずに、千尋は呆然として叩かれた頬に手をやっている。

「馬鹿野郎。一度だって深海を、そんな目で見たことはない」

「叩いたー。このうそつき野郎…女もいないくせに…」

「いた時だってあるさ。続かなかっただけで」

憮然として大樹は言った。

「男をそんな目で見たことはない。何年も近くにいたら分かるだろうが」

「じゃあ…マーを愛してた？」

千尋は泣きそうな顔になっていた。感情のはっきりしている千尋は、くるくると表情が変わる。さっきまでの負けず嫌いな顔つきから一転して、子供のような幼い顔になっている。

「愛してたよ。年が下過ぎたからな。子供にしか見てもらえなかったけど…」

「今でもマーを愛してるから…オレ達の側にいるんだろ」

「…それだけじゃない。今じゃみんな、弟みたいなもんだ。マーと初めて知り合った頃は恋愛感情だと思ったけど、途中で気がついてたよ。マーは男を愛さない。マーが愛せるのは、自分の子供だけだ。子供になるしか、愛してもらう方法はないんだ」

「子供しか…愛さない」

言われて千尋は母の周りにいた大勢の人間を思い出す。魅力的な壮年の男もいたが、母は決して彼らを自宅までは招待しなかった。いつでも自宅に呼ばれるのは、年の若い子供のような世代の人間ばかりだった。

あれはそういう意味もあったのだろうか。

「子供って…」

「一度だけ聞いたことがある。マーは失う可能性のある恋愛はこりごりだって言ってたな。子供は…無心に懐くだけだから愛しいって…分かるか」

「分かるよ。オレだってバカじゃねぇもん」

「恋愛感情はなくなったけど、マーの家族になれたのは幸せだった。千尋なら分かるよな。マーの息子でいられるのは、嬉しかっただろ」

「そんなことない…あいつは、そんないいやつじゃない。オレ達に呪いをかけやがったんだ。分かってないのは大樹だよっ。どうしてオレ達は女を愛せないんだっ。マーの呪いだ。マーは自分の息子達の誰にも、女をあの家に連れてくることを許さなかったんだ」

千尋は大きく肩で息をしていた。叫んだ後に震えがくる。激しい雨が降る外に、ずぶ濡れの母が一人で立っているような気がしたのだ。

「何言ってるんだ。深海と涼がそうなったからって、千尋までがそうってことはないだろ。お前、女にもてでるじゃないか」

大樹は安心させるつもりか、千尋をベッドに腰掛けさせようとした。すると千尋は震えながら大樹に縋りついていた。

「大樹は本当に女が好きなのかな。マーだけを愛してたんじゃないの。マーならここにいるよ…。オレ…マドにそっくりになっただろ」

「千尋…」

「…マーだと思って…抱いてよ…。オレ、寂しいんだ」

「ふざけるな…お前達をそんな目で見たことはない」

「じゃあ今から見ろよっ。オレは…オレは…ずっと大樹が好きだった」

大樹のシャツに顔を埋めて、千尋はついに声をあげて泣き出した。

「お前は父親を求めてるだけなんだよ。年上の男に、父親の姿を重ねてるだけだ。いいか、父親とはセックスなんてしない。分かるな」

「わかんねぇ。大樹は…親父じゃない。オレ達の親父なんて本当はいないんだよ。マーはオレ達を騙《だま》してるだけだ。どこかで死んでるかもしれない親父なんかもういらねぇ。欲しいのは…オレに優しくしてくれる男だけだ」

「何で男なんだ。夏の浜辺に行けば、女なんてごろごろ転がってるだろ」

「勃たねぇんだもん…女だと」

「…そりゃ…」

大樹は絶句した。

確かに両親のいる大樹は、父親を知らない二人を可哀相に思って、時には兄のように、場面によっては父親のように振る舞ってきたつもりだったが、千尋の中にそんな複雑な感情が生まれていたことなど気づかなかった。

深海はどうなのだろう。涼の気持ちに気がついていたのだろうか。大樹は今すぐそれを知りたいと思ったが、おかしくなっている千尋を突き放すことも出来なかった。

「マーになれば…大樹が見てくれると思ったのに…。ニィを涼にやっちまえば、大樹がオレだけを見てくれると思ったのに…。どうせ…どうせオレなんて…」

「おーい、しっかりしろよ。いつもの千尋はどうしちまったんだ。波に乗ってる時のお前は、そんな泣き言言うような男じゃなかっただろ」

「波…ここにはないよ」

いつだって手の掛からない深海を、母は早くから大人扱いしていたと思う。二人が大人の意見交換をしている横で、千尋は注意を惹きつけたくて泣いたりわざと失敗したりしてみせた。

大人になってからは、さすがにそんな手は使えなくなってしまった。

どうすれば大樹の注意を自分に惹きつけられるだろう。

派手な外見。明るい言動。プロのサーファーとして注目されること。

全部試みたが駄目だった。そんなことしていても、大樹にとって千尋はマーの子供でしかなかったのだ。

だったら母になればいい。

千尋は意識して、母と同じように髪を伸ばした。母の形見のピアスをつけ、母と同じ入れ方でコーヒーをいれた。煙草を吸い、同じフォームで波に乗る。

いつまでも彼女を作らない深海には、涼を与えた。邪魔するやつはいなくなった筈なのに。

まだ雨に打たれて、母がそこにいるような気がした。千尋は震えながら、ドアを振り向く。

「マー、さっさと海に還っちまえ。オレ達を呪うのはもう止めてくれよ。大樹はオレなんかいらないってさ。大樹はいつかあの家を出ていくから、マーの呪いにはかかんないんだよ」

千尋は怯えた目で、じっとドアを見つめる。ドアを開いたら、そこに母がいると確信しているかのように。

「千尋…千尋。どうしたんだ。よしよし、落ち着け、落ち着くんだ」

大樹は千尋を抱き締め、安心させるように背中を優しく叩く。

「昔っから、変に勘の強いところがあったからな。何、ナーバスになってるんだ。落ち着け。マーはいない。もうどこにもマーはいないんだ」

「いるよ…雨に濡れながら、この部屋を見てる。オレ、マーのとこに行こうかな。こんなに寂しいままじゃ、生きててもしょうがないもん。そうか、マーはオレを迎えに来たんだ」

「ちひろっ！」

さらに強く大樹は抱いた。

「何でそんなに寂しいんだ。深海を奪《と》られたからか」

「違う…ニィは…幸せにならないといけないんだ。いつだってニィのペットは死んじゃう。でも涼は死なないだろう。ニィには、可愛がるペットが必要なんだよ…」

「わかった…わかったから、酔ってるんだな。もうあんまり酒呑むな。日曜は晴れたら海に行こう。来週の千葉には一緒に行ってやる。だから…そんなに泣くなよ」

「大樹…抱いてよ。オレを…抱いて。怖いんだ。マーがそこにいる。オレを海に行かせないで。一人にしないでよ」

「抱くって…無理なことばっかり言うなよ」

どうすればいいのか、大樹は混乱していた。

一時的な錯乱だとはとても思えない。深海と涼がそうなって、寂しさから逃げたくて無理を言っているんだとも思ったが、このまま突き放したら自棄《やけ》になって何をするか分からなかった。

千尋を落ち着かせるには、思い切って抱きしめて安心させるしかない。汚れたベッドを大樹は見つめた。狭いベッドよりも、いっそ床の方がいい。大樹は足下の毛布を千尋に示した。

「床でいいな…」

「…んっ…」

毛布の上に、千尋は体を投げ出した。見慣れた千尋の体を見ても、大樹は興奮しない。どうしたらいいんだと迷っているうちに、千尋はさっさと服を脱いで全裸になった。

「おい…マジでやる気か」

「そうだよ。いっぱいキスして、ずっと抱いてて。それだけでもいいよ。ドアを誰かが叩いても開けないで…オレを抱いてて」

「…いっぱいキスしてか…」

並んで横たわると、大樹は千尋の男にしては細い顎を捉える。キスは簡単だ。大樹は慈しみをこめて千尋にキスをした。

外では風雨が激しく荒れ狂っていた。台風の動きに引きずられた雨雲が、夏でもないのに豪雨を降らせている。

雨戸に雨が降り注ぐ。風ががたがたとドアを揺らせた。

大樹は嵐の夜に震えている海鳥のような千尋を、愛しいとその時に感じた。

自分に必要以上に懐いているとは感じていた。けれどそれは、幼い頃からともにいて兄のように慕われていたからだとずっと思っていたのだ。

いつから千尋の愛情はすり替わったのだろう。確かに千尋の言う通り、マーが死んでから千尋の中で何かが変わったのだろうと大樹は思った。

マーという絶対的な女を失った後に、新しい女をマーの位置に据えるのは難しい。それが本能的に女性を遠ざける行動へと結びついたのではないか。

そういえば自分も女を作らなくなって久しいと、大樹も気がついた。

女のいない家。

男ばかりで、けれど平和に暮らしていけた家。

あの居心地のよさは何だったのだろう。マーが生きていた時そのままに、続いていた平和とは何だったのだ。

「寒くないか」

震える千尋に、大樹は優しい言葉を掛ける。すると千尋はさらに大樹の唇をねだった。

互いの舌が絡み合う。千尋のキスは情熱的だ。大樹もいつか相手が千尋であることを忘れて、牡としての本能のままその柔らかい唇を貪っていた。

いつしか千尋の手は、大樹のシャツの中にまで入ってくる。冷たい手だった。大樹も思い切ってシャツを脱ぎ捨てる。素肌が触れあうだけで、寒さはもう感じられなくなっていた。

「大樹…」

掠れた声で千尋が呼ぶ。その唇を再び奪った。

長い、長い、永遠とも思えるキスが続く。千尋の手は愛しげに大樹の体を抱き、いつか大樹の手も千尋のなだらかな胸の上をさすらっていた。

「千尋…抱いてやろうか…」

優しく大樹は囁く。どうにか可能な状態に近づいていた。

「んっ…待って。オレが…してやるから。オレ、うまいよ。ずっと大樹のしゃぶりたかった。犬みたいだって笑うなよ」

半分が泣き顔で、半分笑顔のまま、千尋は体を起こして大樹のそこに顔を近づける。経験があるのか、躊躇《ためら》わずに施される愛撫は正確で、大樹はいつか千尋の髪を撫でながら荒立つ欲望に身を委《ゆだ》ねていた。

「ボードに乗ってるみてぇ。大樹、やっぱでかいな」

千尋は大樹の上に馬乗りになると、その部分を自らの指で広げた。指を舐めては濡らす行為を繰り返す姿は色香に満ちていて、大樹はそこに見たこともない千尋を見る。

「もう経験済みかぁ。誰と…してたんだ」

「ハワイに…行った時。向こうのローカルと…。ジモじゃやらねぇよ」

千尋にだって分別はある。二十年ここで開業している歯科医院の名前を汚すわけにはいかないと知っていた。

「誰か一人でもさ。日本に帰るなって言ってくれたら…救われたのにさ。オレ、こんなに可愛いのにな。誰も本物の恋人にしてくんないの」

また泣きそうな顔になっていた。大樹は手を伸ばしてその頬を撫でる。

「千尋は可愛いさ」

「うそばーっか。オレじゃ勃たないくせに」

「じゃ、そこに入れてるのは何だ…」

千尋の中に、大樹のものがねじ込まれていく。大樹は思わぬ締めつけのよさに、太い眉を寄せていた。

「きつっ…大樹のでかいな。オレも久しぶりだから…」

ゆっくりと千尋は腰をくねらせる。大樹の引き締まった腹部に手を添えて巧みに動かしていた。

下からそんな千尋を見上げていた大樹は、辛そうな顔が実は喜びの顔なのだと気がつく。

「いいのか…」

「んっ…いい。いいよ…ああ、たまんなくいい。頭、くらくらするくらい…いい」

思い切って大樹は下から突き上げた。すると千尋の口から短い悲鳴があがった。

「そ…そんなこと…したら…」

さらに激しく大樹は腰を突き出す。千尋は辛そうに頭を振った。

「やだよ…すぐいっちまうだろ」

「いかせて欲しいか」

迷わず大樹は千尋のものを握った。すでに先端が開いて、濡れ始めたそこを軽くこすりあげただけで、千尋の顔はどんどん変わっていく。顎を突き出し、口を半ば開いて、真夏の犬のように短く息を吐いていた。

「でちゃう…から…やめろ」

それでも大樹は、千尋のものの裏側。一番感じやすい部分を太い親指の腹で続けてこすった。

「あん…いっ」

千尋は髪をかき上げながら、腰を上下に動かし始めた。目を閉じて狂う姿は、女とは違うのになぜこうも色香があるのか。

「ふっ…も、だめ…」

千尋がいきそうになった瞬間、大樹は上体を起こした。

「あっ、やだっ」

押し戻そうとする千尋を、今度は反対に横たえる。

「自分だけで楽しむなよ…」

大樹は千尋の足を開かせ、正確にその部分に突き入れた。

「んあっ…ああっ」

千尋の手が爪を立てる。肩に小さな傷が出来た。大樹はそれを見て微笑むと、さらに強く千尋の中に入り込んだ。

「ああっ、あっ、あっ」

泣き声が一段と高くなったと思ったら、誰の手も借りずに千尋は爆発してしまい、思わぬ距離を飛んだ飛沫は汚れたベッドカバーをさらに汚していた。

「雨なのに…明日は洗濯か…」

大樹は大人らしく余裕の笑いを浮かべると、激しく動いて千尋の中に自らを解放した。

荒い息だけが聞こえる。それが静まると、雨の音ばかりが聞こえた。熱を持っていた体から徐々に熱が引いていくと寒さを感じるはずなのに、熱帯性低気圧のせいでむしむしとする。大樹に抱きつきながら、千尋は汗で張りついた前髪をうるさそうにかきあげた。

「出来たじゃない…オレとやったんだぜ」

「そうだな。しちまったな」

二人で天井を見上げる。大樹は思い出したように煙草と灰皿を引き寄せると、火を点けて吸った後に、千尋の口にそのまま銜えさせた。

「オレのこと…可愛いって言ったよな」

「言ったか」

「ニィよりも可愛い？」

再び煙草を取り返し、腹這いになって大樹は煙草を吸う。千尋も腹這いになって、大樹の顔にさらに顔を近づけた。

「可愛いと思うんなら、もっと可愛がって」

「……」

「千葉に付き合ってくれるって言ったよな」

「…言ったか」

「いっぱいキスして。抱いててくれるんだろ」

「お前ってやつは」

千尋は手を伸ばして煙草を奪い取ると、深く吸い込んで再び大樹の口に押し込んだ。

「日曜は雨が上がったら海に行くんだろ。それまで暇だから…もっとオレを可愛がって」

「どうして…そうわがままかな」

「日曜の夜も、オレ、ここで寝るから。枕、買って。ふわふわのでかいやつ」

「千尋…もうマーの幽霊は怖くなくなったのか」

「怖いよ。まだ怖い」

わざとのように千尋は大樹に抱きつく。けれど恐怖はすでに消え去っていた。

母はもうそこにはいない。

海に還ったと千尋は思った。

おかしなもので、荒れ狂う海にボードに乗って漕ぎ出していく母の幻影が見えていた。まるで海の泡から産まれたビーナスのように、母はボードの上に凛々《りり》しい姿で立ち上がっている。

けれどビーナスと違うのは、裸体でもなく、薄布を纏《まと》っているのでもなく、お馴染みのウエットスーツ姿だったのだ。

「髪、切れよ」

大樹は千尋の髪に指を入れた。

「何で?」

「マーに似せる必要なんてないだろ。千尋は千尋だ」

「切ったら…可愛がってくれる」

「切らなくてもどうせ可愛がれって言うんだろ」

千尋は顔をずらしていって、大樹を上に向かせるとその乳首を舌先で軽く転がした。

「ねぇ、男もここ性感帯だって知ってた」

「まぁな」

「それじゃさ。脇の下とか、袋の裏側から穴までの間とかも感じやすいの、知ってた」

「だからどうなんだ」

「…も、一回、しよ」

大樹は大きくため息をついた。

「それだけの相手が欲しいんなら、もっと若い男探せよ」

ついため息とともに本音がこぼれる。千尋は爪できりっと大樹の胸をひっかいた。

「つっ。痛いだろが」

「可愛いって…言った」

「わーかった。可愛い、可愛いよ。分かったから、もうちょっと待ってろ」

大樹は自分の腕の中に千尋を抱き取り、その背中を優しく撫でてやる。

確かに可愛いのは可愛い。認めてしまったら、何の抵抗も感じなくなっていた。

「いいよ、待っても。オレ、十年待ってたんだもん。急がないからさ」

千尋は大樹の腕の中で、甘えたように囁く。

「そんなに待たなくていい。十分もありゃいいだろ」

そういったものの、実際に大樹が復活するまでには二本の煙草を吸うだけの時間が必要だった。

深い眠りからようやっと目覚めた深海は、時計を見てぎょっとした。午後も遅い時間だ。起きあがろうとしたら、腰のだるさに思わずよろめく。

涼はいつだって激しいが、昨夜はまた特別だった。朝になるまで何度も求められ、それに応えていたらこんな時間だ。

「涼…」

いつも一緒に寝ているのに、その姿は隣になかった。そっとシーツに触れると、涼がいた場所はひんやりとした布地本来の温度になっている。ちょっと前にトイレに立ったとはとても思えなかった。

「寝過ぎたな。起こしてくれればいいのに」

そういえば千尋はと思って、深海は自分の携帯を捜す。いつもの場所と思ったら、寝ているのは涼の部屋だと思い出した。

「携帯」

脱ぎ捨てられたズボンのポケットに入っていたはずだ。そろそろとズボンを引っ張り上げると、ポケットから携帯を取り出した。

「何だ、このメール。おじさんって…大樹のとこにいるのか」

大樹といるなら安心だ。千尋のことだ。台風の最中、いいうねりを捜して出かけてしまうんじゃないかと心配だったのだ。

「涼…どこ」

トランクスを穿き、涼のTシャツを着ると、深海はだるそうに自分の部屋のドアを開いた。そこはしんとしていて、誰も入った様子はない。続けて千尋の部屋を覗くと、外側のシャッターを降ろされた部屋は真っ暗で、コンポの待ち受けランプだけが赤く輝いていた。

階下に降りる。喉が渇いていた。涼も同じだろう。あれだけ出すものを出したら、水分を補給しないと今にも乾きで倒れてしまいそうだ。

家の中の静かさとは反対に、外では台風が荒れ狂っていた。ゴーというまるでジェット機が頭上を飛び去って行く時のような音がするのは、海から一直線に吹きつける風だろう。

ダイニングにも誰もいない。深海は冷蔵庫を開けて水を取り出す。飲みながら涼はどこに行ったんだろうと頭をひねっていた。

「そうだ。ボードの固定、忘れてたんだ」

しなければならないことは山ほどあったのに、つい涼とのセックスに溺れてしまった。責任感の強い深海は、それだけで悪いことをしたように反省してしまう。

玄関を開けて駐車場を覗くと、すでに涼のバイクは奥に入れられていてカバーもきちんと掛けられていた。

「何だ、バイクはやってくれたんだ」

バイクはある。外は荒れ狂う台風だ。なのに肝心の涼の姿がどこにもない。コンビニに買い物というのも考えにくい。台風が来るのを予想して、前日に買い物は済ませていた。

「涼、どこっ」

家の中で叫んでも返事はない。あと見ていない場所なんて限られている。歯科医院の方か、トイレと風呂場くらいだ。体の大きな涼が、深海を驚かせるために隠れていられるような場所はほとんどない。

不安が広がっていた。

何度尋ねても、涼は自分のマーのことをあれから一言も話さなかった。彼女にまた会いに出かけたのだろうか。住所は教えてもらっていないと言いながら、実は知っていたのかもしれない。

再び深海は玄関から外に出た。

ボードの固定をまずしなければと思い出したのだ。

「あれ…」

サーファーの住む家だ。駐車場の脇にはボードを格納するためのスペースが屋根付きで用意されている。そこに棚のようにしてそれぞれのボードが横に並んでいた。家の裏側にあたるので、風が直接吹きつけることはないから、軽く固定されただけでボードが落ちている様子はない。

千尋のボードが何枚もあった。深海のでもショートにロング。それにファンボードと三枚ある。さらに涼のショートボードとファンボードがある筈だった。

「飛んだかな」

涼のファンボードだけがなかった。いやそれだけではない。ボードを固定するフックのついた自転車までなくなっていたのだ。

「まさか…そんなバカをやるのはチィくらいのもんだ」

千尋はいつも決まって台風の日には口にするのだ。大きなうねり、グランド・スウェルが来ているのに、じっとしていられっかと。深海もサーファーだからその気持ちは分かる。一生に一度出会えるかどうかのグランド・スウェルに乗りたいのは皆同じだ。

けれどマナーを守るサーファーなら、下手をすれば自殺行為になりかねない、無謀なサーフィンは決して行わない。自分が死ぬのは勝手だが、それだけでスポーツ競技として認識されつつあるサーフィンが、愚かな若者の遊びとして見られたのではたまらないだろう。

「……」

深海はきつく唇を噛んだ。

ボードと自転車がない。そして所有者の涼がいない。

考えられる答えは一つしか残されていなかった。

海に行ったのだ。あの荒れ狂う海に。

だが涼はサーファーとしてはまだまだだ。あのテクニックでこの海に出たらどうなるかは明らかだ。

涼は死ぬ気なのだろうか。

ウェットスーツを捜す。いつも吊されている数から、やはり一枚が消えていた。

深海は防水用のフードがついたナイロンパーカーを着て、ロングの海パンを穿いた。これならいくら濡れても平気だ。その格好で歩いて道路を突っ切り、目の前に広がる鵠沼の海岸に向かった。

灰色の空を、渦巻く雲が素晴らしい速さで駆け抜けていた。そんな空に対抗するつもりか、海は幾重にも重なり続くグランド・スウェルで海面を騒がせる。海鳥も鳶も、鴉さえいない。海岸を歩く人も、もちろん波間に漂う人の姿もなかった。

人魚もいない。

そこにあるのは、ただ波ばかりだ。

波は空を呪い、虚しく牙を剝いて見せるが、あざ笑うかのように空は雨を海中に叩きつけ、海から来た命のすべてを奪おうと荒れ狂う。

こんな海に入ったら最後、人は自然から厳しい制裁を受けるだけだろう。

「りょうーっ！」

深海の叫ぶ声は、風に消されてしまった。

「ここじゃない。ここなら自転車出す必要ないもんな。じゃ…どこなんだよ。どこに行ったんだ」

台風の時は当然遊泳は禁止だ。昼間に泳いでいたら、巡回中の警察か消防署員に発見されるだろう。だとしたら海に入るのは夜になってからだ。

走って深海は家に戻った。携帯だけを手に、車のキーをつかみ取るとエンジンを掛けて走り出す。ワイパーを最速にしてもほとんど効果がないほどの雨の中、深海はまず大樹の部屋に向かっていた。

「大樹！　千尋！　そこにいるんだろうっ、開けてっ」

電話なんてまどろっこしいことをしている暇はなかった。深海は大樹の部屋のドアを、どんどんと激しく叩いた。

「どうしたんだ…」

休日のせいか、髭も剃らずにリラックスした様子の大樹が出てくる。風が巻き、玄関に雨がざっと吹き込んだ。

「入れよ…びしょぬれじゃないか」

「チィ…いるか」

「いるよ…飯作ってる」

除湿しているせいで、部屋の中はからっとしていた。何を作っているのか、香辛料のいい香りがする。深海はそう言えば何も食べていないと思ったが、食欲さえもどこかに吹き飛んでいた。

「チィ…どこの海岸に行けばいい」

玄関には深海の体から滴る水で、すぐに水たまりが出来た。千尋の顔を見ただけで深海は安心してしまい、長めのシャツで隠れている千尋の下半身が裸のままなことにも気がつかない。

「ビーテフルラバー・ラーディング。スウェール、スウェル、ラーディング」

「チィッ！」

楽しげに変な発音のおかしな歌を歌っていた千尋は、フライパンを手にあーっと口を開けた。

「ニィ、主語が抜けてる。あっ、主語って言わないか。何だっけ。ま、いいや、で、オレに何が聞きたいの」

「涼が…ボード持ち出して、自転車でどこかに消えた」

「何だとっ。警察に連絡したのか。通報があったら、誰も家にいなくっていいのかな」

まず大樹がまともな反応を示した。けれど千尋はフライパンの中のパスタを一本菜箸ですくって、ちゅるんと口に含んで慌てる二人をじっと見ている。

「警察にはまだ通報してない。チィ。なっ、どこに行くと思う。鵠沼にはいなかった。あの辺は見通しがいいし、巡回もよく回ってるけど…」

「あーの野郎。テケテケに毛が生えた程度のくせに、グランド・スウェルに挑戦しようってか。なーまいき。サーフィン、なめてんじゃねぇよっ！」

いらついたのか千尋は、バンとフライパンを叩きつける。

「何でそんなことになったんだ。喧嘩したのか」

大樹は急いで着替えながら、立ち尽くす深海に聞いてくる。

「喧嘩なんてしてない。昨日はいい雰囲気だったのに…」

「涼は千尋ほど馬鹿じゃない。こんな日に波に乗りたいなんて騒ぐやつじゃないだろう。何かあるはずだ。覚えてないか」

「昨日…彼女が来て…あっ…その前に手紙。変な手紙が来てからおかしくなったんだ」

深海は一通の手紙を、学校から帰った涼に手渡した瞬間を思い出す。弁護士事務所からの手紙だ。

「オレが涼よりバカってどういうこと。オレはこんな日に海に出るなんてバカは、したくても絶対にしないぜ」

千尋は用意された皿に、ざっとパスタを盛りつけた。

「ニィ、お前の分はねぇよー」

「飯どころじゃないだろう。涼を捜さないと。深海、手紙そこにあるのか」

「いや…家にあると思うけど」

「だったら家に一度戻った方がいい」

「大樹っ。飯っ！」

千尋は二人の会話に無理矢理割り込んだ。

「騒いでも無駄だ。パトロールが海岸一帯を回ってる。明るいうちはボード担いで走ってたら、すぐに見つかるって。死ぬ気でバカやるんなら、夜か夜明けだ」

確信があるように千尋は言い切った。

「じゃ、今はどこにいると思う」

いつもとは逆に、深海の方が興奮してうろたえている。

「この風だぜ。ボード積んでまともに走れると思う？　パトロールにも見つからずにさ。少しずつ進んでんだろ」

「捜さないと。どこに行ったんだろう」

「稲村ヶ崎…。テケテケが考えるのは、せいぜいそこまでだ」

大樹と深海はその言葉に顔を見合わせた。

「確かにそうだな。荒れた日の稲村ヶ崎でうまく波を乗りこなせたら、ローカルでもちょっとしたもんだと言われるようになる…。涼は、何を焦ってんだ」

言われて大樹は眉を寄せた。

「それに岩場の方に高波覚悟で隠れてれば、パトロールにも見つからない」

「やけに詳しいな…千尋、お前…やったことあるな」

「ねぇよ。計画はしたけど、マーに見つかって診察台にロープで括《くく》りつけられた」

「あっ…」

そういえばそんなこともあったと、深海は思い出す。千尋が一年で高校生チャンピオンになって、一番生意気で手のつけられない時期だった。母は千尋の無謀な計画に気づいて、女とも思えぬ腕力で千尋を殴り倒し、深海に手伝わせて診察台に縛りつけたのだ。

それから一晩かけて、母はサーフィンの歴史から人の命の大切さまで、逃げられない千尋に延々と語り続けた。その後も懲りない千尋はチャンスを窺っていたようだが、母の死以来考えを改めたようだ。

「コーヒーは…後で飲もう。オレが作ったんだ。飯、喰っていけよ。ニィにもオレのやるから。涼のことなら心配いらない。海には…マーがいるから」

また大樹と深海は顔を見合わせた。

「深海、気にするな。千尋のやつ、昨日からずっとあの調子なんだ。マーがいるって…」

「いるんだよ。何かがあるんだ。だから心配で、マーは海から還ってきてる。オレには分かるんだ。マーは呪いもかけたけど、やっぱりオレ達のかあちゃんだからさ。オレ達を不幸にはしたくないんだ」

「おい…どう思う」

大樹は濡れた深海に、思い出したようにタオルを差し出しながら真顔で聞いた。

「マーがいるんだ…。だったら俺にも会いに来て欲しい。話したいこと、いっぱいあるのに」

深海はタオルで顔を覆う。泣き顔は誰にも見せたくなかった。

「マーはいつだって海にいるよ。マーは波になって、自分の子供達を守ってんだ。だから涼も平気。気をつけないといけないのは、パトロールのやつらに見つかって、始末書にでもなったらまずいだろ」

「そういう問題か。死んだらどうする」

大樹が言っても気にもせずに、千尋はパスタを食べ始めた。

「冷める前に喰え。喰わないとオレはどこにも行かないかんな」

「ったく」

大樹は小さなダイニングテーブルにつくと、急いでパスタを食べ始める。

深海は再び玄関を開いた。

「手紙、捜してくる。人の手紙なんて読みたくないけど…この状況じゃな。すぐに戻ってくるから、一緒に涼を探しに行って」

「わーかってる。稲村だ。そこ以外にはいないって」

ここは千尋の野生の勘に頼るしかない。午後まだ早い時間だというのに、空はすっかり暗くなり、台風はいよいよ本格的な上陸を開始しようとしていた。

「マーは…海にいるのか」

深海は海にいる母を思い浮かべた。

二人で話したわけでもないのに、やはり深海が心に思い浮かべたイメージも、荒れる波の上に立つウェットスーツ姿の母だった。母は凛とした表情を浮かべ、まるで海の女神のようにして辺りを眺めている。

その視界に涼の姿が入ることを、深海は祈っていた。

『拝啓　大空涼様
元気にしていますか。八王子《はちおうじ》刑務所に収監されて、じき六年になります。

涼にも色々と苦労かけたと思いますが、この度無事刑期を終了し、一般社会への復帰が叶うこととなりました。

涼を引き取ってくれた大空さんには感謝していますが、今でもどうしてそんなに涼を欲しがったのかよく分かりません。

あのまま涼が大人になって、おかしなことにでもなったらと不安もありましたが、大空さんも亡くなってしまい、こちらの心配は単なる危惧に終わってほっとしています。

大空さんには済まないと思うが、やはり他人の家で養子として暮らすより、本当の親である自分とこれからは暮らす方が、涼にもよいのではと思っております。

幸い葛飾《かつしか》の自宅はまだ転売されることもなくそのままだというし、仕事も昔の仲間が世話してくれることになりました。

過去には色々とありましたが、自分も刑期を務め上げ、少しは真人間になれたと思います。

また昔のように、親子で暮らしましょう。

この先、被害者のご遺族には、賠償を生涯続けていかなければいけないと思っておりますが、家族一団となってことに当たれば、難しいこともないと思います。

出所後、大空さんの息子さんの家には、ご挨拶に伺いたいと思いますが、日にちはいつがいいでしょう。

私の出所は五月〇日です。思ったよりも早く出られて、司法関係の皆様には深く感謝しております。

葛飾の自宅でまた生活出来るように、電気と水道を使えるようにしておいてください。

高校も行かせてもらっているようですが、転校のことなどは後々相談いたしましょう。

晴れてともに暮らせる日を楽しみにしております。

深沢《ふかざわ》修三《しゅうぞう》』

涼は手にした手紙を何度も読み返していたが、最後にくしゃっと丸めた。そこに放置することも出来ず、ナイロンパーカーのポケットにねじ込む。

今は使われていない釣り船の事務所で、涼は埃《ほこり》だらけの床に直に座り込んでいた。破れた窓からは雨が吹き込み、積み上げられた古い段ボールの箱を濡らしている。このまま風が吹き続ければ、腐ったトタン屋根は吹き飛ばされてしまいそうだった。

「おれを引き取るって…。検閲されるからな。綺麗事ばっかり書きやがって。どうせおれを働かせて、その金を取るつもりなんだろ」

誰も聞いていないと知りながら、涼は低く呟いた。

手紙が転送されてきた金曜が、ちょうど父親の出所日だった。どうして直前まで連絡してこなかったのか、涼はそこに父親の計算高さを感じる。

涼に逃げる時間を与えないつもりなのだ。一ヶ月も時間があったら、涼は父の目の届かない場所に姿を隠すことだって出来たのだから。

未成年であることが弱い。戸籍上の母親、大空真澄が亡くなったからには、親権は父にある。父が親権を取り戻したいと主張したら、深海ではどうすることも出来ないだろう。

あの家に父が来たら、涼が引き取られた時の秘密はすべてばれてしまう。歯科医をやっているような家だ。金があると知って、父は秘密を守る代わりに法外な金を平然と要求するだろう。

涼には分かる。そういう男なのだ。

「ニィに迷惑かけられない…おれが消えればいいだけなのに…ニィ…愛してるよ」

自分の腕で、涼は自分の体を抱き締めた。

今朝方までこの腕の中に深海を抱いていた。もう会えなくなるかもしれないと思ったら、何度抱いても足りないような気がした。

葬儀の時に初めて大空の家を訪れて、深海を見て驚いたものだ。

マーに似ていた。深海や千尋がマーと呼んでいる女性ではない。自分が葛飾の家で、一緒に暮らしていた女性だ。

似ていたのは外見だけではない。心配性なところや、優しいところまでそっくりだった。けれど違うのは、まぶしいくらいに美しい男の肉体を持っていたことだ。

兄になった男に恋するなんて、変態だとずっと苦しんできた。けれど深海は、その名前の通り、深い海のような愛情で涼を受け入れてくれたのだ。

空は暗くなっている。夜が近づいていた。雨足は心なし弱くなっているように思える。台風はいよいよ内陸部に移動し、湘南の海から去ろうとしているのだ。

涼は窓から外を見る。こんな荒天にも負けず、江ノ島灯台は燦然《さんぜん》と輝いてここに陸地があると沖行く船舶に知らせていた。港には船舶が係留され、いつもは店を開いて観光客を待つ人々も、表戸を閉ざして嵐が行き過ぎるのを息を潜めて待っている。

高波を警戒して一部の道路は閉鎖され、テレビ局の車がニュースで荒れた湘南の海を放送するために、無理を押して通ろうとしている。海難事故を防ぐためにパトロールは巡回し、そんな中でも何軒かの店は看板に電気を灯《とも》して営業を続けていた。

涼はそんな湘南の町が好きだった。

海なんて見えない東京のごみごみした下町で育った。毎日のようにフィリピーナのママは殴られていたのに、助けてくれる隣人もいない。ママが逃げ帰った後に、隣の家を借りて住んでいたマーが、涼を助けてくれるようになったのだ。

マーはよく湘南の海の話をしてくれた。自分は出来ないけれど、みんなサーフィンをやっているとも教えてくれた。嫌なことは波に流してしまえるから、あそこで暮らす人はみんなどこか暖かいとも言っていた。

その通りだったと涼は思った。

あの家に来て、辛かったのは深海に対する恋が叶わないと悩んだことだけだ。深海も千尋も大樹も、みんないいやつだった。ローカルのサーファー仲間も、中学、高校の同級生も、ひどいやつには巡り会わなかった。

あまりにも幸せ過ぎて、涼はいつかそれが終わる日が来ることを、ずっと忘れていたのだ。

父が戻ってくる。感情のコントロールが出来ない父は、いずれまた問題を起こすだろう。だがその前に、涼が耐えきれるかが問題だった。

もう十一の子供ではない。高校では誰も相手にならないほど、腕力も根性も鍛えられている。深海が心配するから、トラブルがあっても家で話したことはないが、涼はこれまで何度も揉め事では勝利を手に入れていた。

父譲りの強さなのだ。一度も刑務所の面会に訪れていないから、父はまだ成長した涼を知らない。今トラブルを起こせば、切れて相手を殺してしまうのは、逆に涼になる可能性の方が大きかった。

「生きて帰れたら…戦う。死んだら…それでいい。ニィも…いつかおれを忘れるさ」

涼はボードを手にした。

稲村ヶ崎の海は荒れていた。日本のサーフスポットの中でも、特別と噂されるだけに波は高い。ある程度の技術を身につけたサーファーでなければ、荒れたこの海で巧みにボードを繰ることは難しいのだ。

そんな稲村ヶ崎に、台風の日にボードを担いで海に出る。それはまさに自殺行為だった。

海で死ねるんならそれでいい。

涼は若さゆえの思慮の足りなさで、単純に思いこんでいた。

あの家で自殺なんてしたら、深海や千尋に迷惑をかける。いなくなっただけなら、あの深海のことだ。必死になって涼を捜そうとするだろう。

けれど無謀なサーフィンの結果死んだのなら、あいつもバカだよなと笑われるだけで済む。若者がいきがって波に挑戦して、破れただけだと誰もが思うだろう。

雨はやんでいた。所々切れた雲の合間から、ちかちかと星が見え始めている。台風はもう行き過ぎたのか、それともこれは台風の目と呼ばれる中心の空白地帯なのだろうか。

空は平和を取り戻しかけているが、海はそうはいかなかった。涼がこれまで一度も経験したことのない、荒々しい波がうち寄せている。ボードを持って海に入るのさえ難しい。お前みたいなやつはこの海に入るなと言われているかのように、何度も波に叩きつけられて押し戻された。

それでも涼は、沖に向かって漕ぎ出した。

死ぬだろうと予想はしている。

どうせなら死体は、沖合遠くまで流されてしまい、ただボードだけが浜に打ち上げられていればいいと、夢のように考えていた。

大きなうねりに翻弄される。一瞬にして何メートルも体が上下した。必死にボードにしがみつき、千尋から教わったテクニックの限りを尽くして沖に出る。

江ノ島の向こうが鵠沼だ。涼は灯台の明かりを頼りに、思わず鵠沼の浜を捜す。

満足に泳ぐことも出来なかったのに、泳げるようにしてくれたのは二人の兄だ。

勉強を教えてくれ、高校に行かせてくれたのは深海だ。

何年もここでやっているローカルサーファーと、同じ程度にサーフィンが出来るまで鍛えてくれたのは千尋だ。

あの二人が、生きることは楽しいことだと教えてくれたのだ。

帰りたい。涼は突然思った。

四人で食卓を囲む平和な晩餐《ばんさん》。洒落た店に呑みに出かけたり、時には車で横浜までナイターを見に行ったりもした。平凡な毎日でさえ、どこか祭りのように楽しく生きていけたあの生活が、今まさに終わろうとしている。

けれど引き返したくても、海はもう涼を捕らえて離そうとはしてくれなかった。

顔面に立て続けに波がぶつかる。ボードにかろうじてしがみついているから、溺れるのだけは免《まぬが》れているが、いつまで自分の体力は保つのだろう。

「えっ…」

その時涼は、信じられないものを見た。

ボードの上に跨《また》った女が、にこやかに笑って涼を見ていたのだ。こんな嵐の夜に、自分と同じように無謀にも海に出てくる女なんているだろうか。

荒れる波は、なぜか彼女の周りだけ穏やかになっている。

これは現実の女じゃない。そう思っても不思議と怖くはなかった。

「あっ、マーだ…」

顔は千尋にそっくりだったが、ウェットスーツを着ていてもはっきりと分かる豊かな胸をしていた。夜なのに顔まではっきり見える。涼は空を見上げ、これが現実なのかと確認する。確かに現実らしいのは、風景にはどこも変わったところはなかった。

「マー…あんた…本物のマーだろ…」

『鵠沼に帰りたい？』

そう聞かれたような気がした。

「帰りたいよ…けどもう無理みたいだ」

『無理じゃないよ。オンショアだから、クレストに立って、一気に風に乗って浜に向かいなさい』

陸に向かって風が吹いているから、波の頂点に立って浜に向かえと言っているのだ。

「出来る…かな」

『出来るよ。ニィを悲しませないで。チィはいつも泣いてるけど、ニィは滅多に泣かない。泣かせたらやだよ』

「マー…」

『みんなあたしの子供。守ってあげたかったのに…これからはあんたが守るんだよ。正幸《まさゆき》は自分の代わりにあんたをよこしたんだから』

「正幸…そうだ。おれのマーの、本当の名前は正幸だったな」

涼は海中で笑った。

ずっと大空真澄という女性だと信じていた。本物のマーからの一通の手紙が、葛飾にいたマーの元に届くまで。

あの日の衝撃の告白は忘れない。自分を守ってくれ、入籍までしてくれたその人は、本当は大空真澄の夫の大空正幸という男の変わり果てた姿だったのだ。

いつもあたしには息子が二人いるのと楽しそうに話していた。理由があって一緒に暮らせないけど、時々は様子をこっそり見に行っているとも言っていた。歯医者をやっているのはマーの別れた夫だと信じていた涼は、実はマーこそが家族を捨てた夫だと知らされたのだ。

『正幸を愛してた?』

「うん。ママとしてね。マーもそれ以上はおれに求めなかった」

『あいつ…何でもあたしの真似して』

マーは晴れやかに笑うと、荒れ狂う波の上にすーっと立ち上がった。

『あたしも正幸を愛してたよ。子供としてね。あんな変わった子供だったから、幸せにしてやりたかったのにな』

「マーは幸せだったよ。いつも綺麗な服を着て、たくさん料理を作って、女の子の友達が大勢いたもんな。でも誰もマーの正体には気づかなかったんだ。おれもね。騙されてたんだぜ」

女を落とすのには自信のあった父は、当然のようにマーを狙っていた。けれどマーはなびかなかった。その意味がなんとなく分かる。女になったからといって、男を愛せるとは限らないのだ。

涼が愛されたのは、子供だったから。

セックスも知らない子供だったから愛されたのだ。

『見える?』

「えっ…何が」

マーの指さす方向に、三人の人影が見えた。風に負けない大きな声で叫んでいるのは千尋だろう。深海は波に向かって泳ぎだそうとしている。それを必死に押さえているのは大樹だった。

『あたしの自慢の息子達。あんたもそうだよ…』

「ありがとう…息子にしてくれて」

『帰りなさい。家に…』

自分と同じように立ててとマーを示す。涼は思い切ってボードの上に立ち上がり、ぐーっと盛り上がる波のクレストに乗った。

乗ってしまうと後は、どんどん加速する波に任せて浜に向かって一気に進むだけだ。ロングライディングの苦手な涼にしては信じられないような時間、波の上に乗っている。浜に近づくと波は方々からぶつかり合い、互いに互いを殺し合っているから、そこに乗り上げた途端涼は海中に頭から沈んだ。

二人のマーが、手を繋ぎながら笑い合っている。ぶくぶくと泡立つ海水の中、なぜかそんな幻影が見えていた。息が苦しい。涼はこのまま溺れて死ぬのかなと思ったら、強い力で海中から引き上げられた。

ボードは頑丈なリーシュコードのおかげで流されることもなかった。大量に海水を呑んだが、どうにかまだ息をしている。

涼は激しく咳き込みながら海水を吐き出した。

まだ吐き終わっていない時に、いきなり顔面を殴られて、再び海中に頭から沈んだ。

「ふかみーっ、こらっ、やめろっ」

叫び声の後に、再び海中から拾い上げられる。

「涼、自分で立てってて、もぅ、重いんだからよ」

千尋に抱えられて立ち上がった涼は、怒りに震える深海の顔を真っ先に見ていた。その手には拳が握られている。再びそれが顔面を直撃して、口の中に海水とは違った潮っぽい味が広がった。

「馬鹿野郎っ！」

「深海、落ち着けって。あーあ、涼の前歯、折りやがった。虫歯のない綺麗な歯をしてたのに」

大樹が必死で二人の間に入る。

「こんなやつ…こんなやつ。心配させやがって…みんなに心配かけて、いいと思ってるのか。一人で勝手に死ぬなんて、そんなの許さない。許さないからな」

深海が泣いている。

泣いていても深海は美しいと涼には思えた。

「ニィ…」

「お前なんか…二度とベッドに入れてやらない…。俺を一人にしないって言ったのに、何だよ。嘘つき…どこにも行かないって言ってたじゃないか」

「ニィ…」

涼は深海を抱いた。

お互いにずぶ濡れだったけれど、深海の体は暖かかった。

「愛してるよ…どこにも行かない。今度は…本当に約束する」

波に勝った。だから涼は生きていてもいいのだ。

父がどんな卑劣な手を使ってこようとも、涼は戦って深海を守らないといけない。そう海と約束したのだ。

「おれ、生きてるよな」

自分の手を見る。それは透《す》けてはいなかった。

「生きて帰れたから…もう二度と弱音は吐かない。何があっても、おれがニィを守る。守ってみせる」

強く深海を抱いた。涼の歯を折るだけの力強さを持った体は、なぜかとても小さく儚《はかな》げに思えて、涼は自分がついに本物の男になれたと確信していた。

あの波を乗りこなしたのだ。海に遊ぶ男達が憧れるグランド・スウェル。それを乗りこなしたのだから、生きることの荒波だって同じように乗り越えられる筈だ。

「涼。せっかく決めてもよ。歯がない口で言われてもなぁ。笑えるだけだぜ」

千尋は涼の顔を見て笑っている。

「歯…」

「海に落としたのかぁ。んったく、差し歯作らないといけないじゃないか」

大樹は見つかるはずもないのに、無くした歯を捜そうとしている。

「身内でも高いぞ。深海、覚悟しろよ」

言われて深海はようやっと笑った。

「マーに会ったよ。波の乗り方、教えてくれたんだ」

深海を強く抱きながら、涼はまだ夢の続きの中にいるように話す。

「マーに…」

「怒られたんだ。ニィを泣かすなって」

涼は思わず背後の海を振り返った。

雲はかなり切れていた。その合間から星だけでなく月までが顔を出す。

荒れた暗い海にぽっと光が浮かんで見えるのは、海に映る月の光だろう。

「マーにも約束するよ。二度とニィを泣かせない。大切にして、一生守るから」

「やだな…マーったら、チィや涼には会いに来てくれるのに、俺には会ってくれないのかな」

深海は涼のウェットスーツの胸に凭れて、泣きそうな顔で言った。

「きっとまだそこいらにいるよ…。そうだ…いつもいるんだ。この海に」

足下で泡立つ波を、四人は同時に見下ろした。

荒々しさの中にも優しさのある波は、何度も何度も男達の足を洗う。そうして彼らのすべての苦しみや哀しみは、いつか波に溶けてはるか沖合へと運ばれて消えていくのだ。

時間がすべてを解決するように。

「ややこしいな」

千尋は浜辺に立てたパラソルの下で、涼の戸籍謄本《こせきとうほん》を手に眉を寄せていた。

空は青く晴れ渡り、雲一つない。五月とも思えない暑さで、浜には大勢のそれこそ千尋が何より嫌いなテケテケを含むサーファーが出てきていた。

浜辺には昨夜打ち上げられた漂流物が、あちこちに散らばっている。ペットボトルに古いボディーボード。どこの国のものかも分からない浮き輪にビニール袋。それらを深海はボランティアに混じって一カ所に集めていた。

大樹はほとんど上がってこない。日頃の不満を一気に解消するつもりか、ひたすら波に乗り、また波に乗ってを繰り返している。

「おじさんはー、年を考えろ。明日、腰が立たなくなっちまっても知らねぇぞぅ」

女の子のサーファーに波を譲っている大樹を見て、千尋は思わずちくちくと言う。

「で、涼。このオレ達の父親ってのが、この間会ってた女だって言うんだな」

「そうだよ。信じられないだろうけど…。おれもずっと女だと思ってた。裸見たことないけど、胸はちゃんとあったし」

「……」

千尋は黙って煙草を銜え、ジッポーのライターで火を点ける。ちゃんと携帯用の灰皿を用意しているのはさすがだった。

「おれのマーは、っていうか、正幸さんはマーのふりして、刑務所に入る直前におれの親父と再婚しておれを引き取ったんだ。そのままおれが十八になって、親父から自由になるのを待つつもりだったんだけど」

「本物のマーが死んだってことか…」

「うん…親父は何にも知らないから、服役してる間おれの面倒見てくれるんならいいやって、単純に養子に出した。マーが別人だって知ったら、おれを取り戻しに来ると思うんだけど」

「おっかしいとは思ったけどさ。マーが男作るとは思えないし…いつ東京になんか出かけてたのか…日曜っていえば、海にいたもんな」

千尋はひょいっと涼の口に指を突っ込む。思わず口を開いてしまった涼の前歯は一本欠けていた。

「煙草…銜えるのにちょうどいいんじゃない」

にたにたと千尋は笑っている。

「この手紙、おれ宛になってるけど、本当は正幸さんに出されたもんなんだよ」

母が死の直前に書いた手紙を、千尋は手にする。サングラスを少しずらさないと、よれた文字は読みにくかった。

「あなたを見守ることが出来なくなったから、涼君を引き取りますってのは、涼を見守るんじゃなくって、その正幸親父を見守るってことだったんだな」

「そうなんだろうな。マー、正幸さんはずっと古着屋で働いてたけど、以前は経済的に援助とかもしてあげてたみたいだ」

「へーんな夫婦。女になっちまった旦那《だんな》を助けて何が楽しいんだよ」

「子供だと思えば分かるだろ。だって年、十四も下だし」

「…悪いおばはん。三十二にもなってたくせに、十八の男を無理矢理やっちまって、ガキまで作るとはなぁ。んっとに、悪いのはマーなんじゃねぇの。あーのわがまま女」

そんな性格をそっくり受け継いだ千尋が言うのも、どこかおかしかった。

「チィが呪いの話した時、何となくだけど分かった。あの人達は、どっかで傷ついてるんだよ。だからさ、無心に懐く子供だけが欲しかったんじゃねぇの。うまく言えないけどさ」

「言えてるんじゃねぇ。むかつくねぇ、おれより頭よさそ」

涼は深海の姿を目で追った。地元でライフセーバーに参加している深海は、いつだって海を守るためなら必死に働く。そんな姿が好感を持たれているのか、何人もの人間が深海に笑顔を向けていた。

「問題はおれの親父だ。おれを引き取ったのが女装してた正幸さんだって知ったら、それをネタに金も強請《ゆすり》かけてくるんじゃないかな」

「まいったなぁ。弁護士に相談すっか」

千尋は口ではまいったと言っているが、それほど深刻に思っている様子はない。なるようになる。いつもそう信じているからだ。

「おれが一番怖かったのは、みんなにおかしなこと仕掛けたら、おれが親父を殺すかもしれないって、それだったんだ。迷惑かけたくなかったんだよ」

涼は自分の手を見る。拳の堅さを確かめるように、手を握っていた。

「親父が出てきたら、負けないようにって鍛えてたんだぜ。そのせいで、ちょっと有名になっちまったみたいだけど」

「言ってやろー、ニィに。涼は悪いやつですー。ガッコ、仕切ってますぅ」

「今でも自信ないよ。親父見たら、切れちまうかもしれない。…チィには分かんないだろうな。殴られても、蹴られても、逃げる場所がない苛立ちってのは」

「…忘れろ。波にみんな流しちまえ。もう誰も涼を殴れない。ニィ以外はな」

千尋はにやっと笑って、涼の歯を指さす。

「うん…忘れることは出来ないだろうけど、耐えることは出来る。殺したら…親父と一緒だ。ああはなりたくねぇよ」

「で、オレ達の親父は今どこにいるの」

「知らない。引っ越したって言ってたけど、住所とか聞いてない。勤めてた古着屋ももう辞《や》めちまってたし」

「どうすんだろ…これから」

千尋は正直がっかりしていた。ずっと心に思い描いていた父親と、一度だけ見た本物ではあまりにも違い過ぎる。男らしい男を父だと勝手に思っていたのに、ひどい裏切りだった。

「やっぱ理想の男はおじさんなのか…。サーフィン、下手だけど」

「……」

まだ二人がそうなったとは知らない涼は、怪訝な顔をして千尋を見た。

「オレ、ニィに似てるからあの女引っかけたと思ってたぜ。似てるわけだ。製造元だもんな」

「まだあるのかな…」

涼は思わず自分の下半身に目をやった。

「…どうなんだろ。マーとはどうやってやったのかな。マーが押し倒したに五百ゼニー賭けてもいいぜ」

二人はそこでくっくっと笑った。

「あーっ、疲れた。ここんとこ寝不足だしな」

大樹がボードを手に近付いてくる。千尋はにやっと笑った。

「寝不足。年だろ、年」

「可愛くねぇなぁ…来週、千葉までついてくのやめようかな」

「やだー。おじさんと行きたいー」

「やめろ、そのおじさんってのは」

大樹は煙草を銜える。すると千尋はライターを差し出し、火を点けてやった。

「深海は何やってんだ。まったく、熱心なんだから」

「綺麗な湘南の海を守りましょう」

千尋はさっと灰皿を差し出す。大樹は苦笑いをしながらそれを受け取った。

「涼…親権の問題な。弁護士通して、ちゃんと片づけてやるから。幼少時の虐待の事実を出せば、今の時代は法律も味方してくれる。あと一年もすれば涼も十八だ。裁判してるうちに成人扱いになれるよ」

大樹は涼を安心させるように言った。

「うん…おれはいいんだ。それよりこっちのみんなに迷惑がかかりそうで…」

「迷惑…千尋のわがままに比べたら、どうってことないだろ」

さらりと言う大樹の足に、千尋は焼けた砂を投げつける。大樹は笑ってそんな千尋を見ていた。

「ニィ、いつまでゴミ拾いやってんだよっ。海入らねぇの」

千尋は深海に向かって叫ぶ。深海は慌てて三人の元に戻ってきた。

「入るよ。何だ、俺を待ってたんじゃないだろ」

「涼は待ってたみたいだぜぇ。オレはテケテケだらけの海はパース。今朝早くからやってたし」

「いいのか。この感じじゃ、夕方には完全にフラットになりそうだぜ」

大樹は大分波が穏やかになってきた海を見て言った。

「フラット…あるな。やっぱオレも行こう」

四人はそれぞれのボードを手に、海に向かって歩き出す。風はもうほとんどなく、ウィンドサーフィンを楽しむ人達は苦労して風を捜していた。

「テークオフッ」

波に向かって千尋は叫ぶ。それを合図に四人は海に入った。

自分達が周囲の注目を集めていることを彼らは知らない。知っていたとしても気にもしないだろう。

巧みなテクニックで、波に合わせて遊びまくる。

笑い声が響いた。

これから熱い夏が来る。そう思うだけでさらにハイになる。

彼らは海に愛されていると、全身で感じていた。

一ヶ月が過ぎた。六月に入ったというのに、今年は梅雨が短いのか連日晴天が続いている。ローカルのサーファーは皆喜んでいる。海に入るのにいい日が、一日でも多ければ多いほど嬉しいものだ。

歯科医院には虫歯予防月間と書かれたポスターが貼られ、クーラーの効いた診察室では連日歯を削る耳障りな音が響いている。何を思ったのか大樹は、歯を白く美しくなどと書かれたチラシを作らせ、歯の美容まで積極的に宣伝して営業強化を計っていた。

ここを出るつもりがなくなったんだと深海は思っている。どこか距離を置こうとしていた大樹だったのに、いつの間にか本当に父親の役割を買って出ている。何がそうさせたかは想像はつくが、あえて本人に聞くようなことはしなかった。

千尋の態度を見れば分かる。

実の父親に失望した千尋は、大樹を自分の父親の位置に据えたのだ。嫌なら止めればいいのに、大樹が黙って千尋を子供のように甘やかしているのだから、それで二人の関係はうまくいっているのだろう。

表に郵便局のバイクが停まった。実習を終えて大学から帰ったばかりの深海は、自分から出ていって郵便物を受け取る。その中に弁護士事務所からのものがあった。

開封するのに勇気がいる。深海はダイニングのテーブルにつき、じっとして呼吸を整えた。

「しっかりしろよ。涼はもう誰にも渡さないって決めたんだから」

こんな時には煙草を吸える千尋や大樹が羨ましい。うまく一呼吸おけるからだ。代わりに深海は用意しておいたアイスティをごくっと飲み込んだ。

思えば長く感じられた一ヶ月だった。出所した涼の父親がこの家まで訪ねてくるのを全員で待ちかまえていたのに、なぜか誰も訪れてはこなかった。

すぐに熱くなる千尋は、自分よりも切れるのが早いと言われる男を迎え撃つのを楽しみにしていたし、いつもは余裕を持って距離をあけていた大樹までもが、本気になって涼の心配をしていた。深海も何があっても戦う覚悟で、何度か弁護士事務所にも通って打つ手を検討していたのだ。

涼は自分から葛飾の家に戻ることはしなかった。法的にどうにもならなくなるまで、この家から出ないと決めていたからだ。

戦う態勢でいた全員が、軽くいなされてしまった。涼の父親は自分のために働いてくれそうもない息子を諦めたのだろうか。この家に預けておけば高校までは行かせてもらえる。そう打算的に考えただけかもしれない。

深海はついに手紙を開封した。担当の弁護士の自筆による手紙が入っていた。

『大空深海様

先日ご依頼の件について、ご報告申し上げます。

深沢修三氏との連絡は、すべて松波弁護士事務所を経由して進めるとのご依頼でしたので、当方より再三深沢修三氏に文書にてその旨《むね》ご連絡差し上げましたが、未だに何のご返答もいただいておりません。

私の一存にて葛飾区の住所の住まいを調査させていただきましたが、そちらに在宅されている様子はありませんでした。

住民票の移動はないので、他所にて勤務されているか、知人宅にて同居されているという可能性もあります。

深沢修三氏の現在の居住地について、調査が必要でしたらその旨ご連絡ください。

この場合は別途費用が必要となります。

私見ですが、現在何の問題もないようでしたら、先方より連絡があるまで放置されるのも一考かと存じます。』


そこまで読んで、深海は手紙を置いた。

涼の父親は唯一の財産である自宅にも戻っていない。昔縁のあった女の家にでも転がり込んだのだろうか。

連絡がつかないというのは幸運に思えた。このまま何の音沙汰もなく、涼が成人するまで放っておいてくれればいいのだ。

「よかった…よかったんだよな」

深海は自分で言っておきながら、確認するように誰もいない室内を見回した。

答えてくれる人は誰もいない。大樹は診察中だ。千尋はローカル局のサーファー向け番組の収録で出かけている。涼は学校だ。

なのにあえて口にしたのは、もしかしたら母に聞こえているかもしれないと思ったからだ。

「でも…おかしいな。都合よくいなくなっちまうなんて…」

西側に位置するせいで、ダイニングには午後の陽がたっぷりと射し込んでいる。開け放たれた窓からは夏の匂いがする海風が入ってきて、千尋がぶらさげた異国の風鈴が不思議な音を立てていた。

明るい部屋にいながら、深海はなぜか深い水底にいるような不思議な気分を味わう。

「海に…いるのは…浪ばかり」

記憶の底から、美しい女の姿が浮かび上がる。このキッチンでよく料理をしていた。小鳥がさえずるような話し方で、深海をニィと呼び、千尋をチィと最初に呼んでいたのは彼女だ。

いや、彼と呼ぶべきなのか。

千尋に言わせると、マーも彼も海の魔女だという。

魔女なら不思議な力があるはずだ。

この世から一人の男を消してしまうくらい、容易《たやす》くやってしまうかもしれない。

愛するものを守るためなら。

「まさかな…そこまではしないだろ」

深海は弁護士事務所からの手紙を、重要書類が入っているキャビネットにしまおうとした。診察室と居住区分とのちょうど中間で、従業員用の更衣室を兼ねた休憩室の前に、普段は鍵を掛けられている物置がある。そこにしまっているのだ。

手紙をしまった後、深海は棚の上に小型の箱を見つけた。誰が書いたのか、マー私物と書かれている。葬儀の後慌てて片づけたから、そんな箱があったことなどすっかり忘れていた。

「もう見ても怒らないよな」

深海は箱を手にダイニングに戻った。

「あれぇ、懐かしいな」

深海と千尋が子供時代のスナップが何枚か入っていた。さらに覚え書きのようなメモ帳と、海外から送られたサーファー仲間の写真が入っている。

「これ」

ついに深海は発見した。

たった一枚だけ残されていた父の写真を。

母と二人、仲良く肩を組んで写っている。父だなんてとても呼べない。若くて美しい少女のように見えたが、紛れもなく涼が会っていたあの人だった。

「マーは人を助けるのが趣味だったからな…。彼を助けたかったんだろうけど…」

二人の魔女とはよく言ったものだ。確かにそう見えなくもない。深海はさらにメモ帳をぱらぱらとめくる。クレヨンで殴り書きしてあるのは、自分か千尋がいたずら書きしたものだろう。

忙しい母はすぐに何でも忘れる。そのせいでいつもメモ帳を身近に置いていた。大半は処分してしまったが、この箱を整理した人間が忘れていてくれたおかげで、一冊だけこうして残っていたのだ。

「あっ…これは」

母の字とは明らかに違う。丸っこい、よく女の子が書くような文字で、素晴らしい内容が図入りで書かれていた。

「レシピ…マフィンのレシピだ」

子供達が大きくなったら、自分がここにいるだけで迷惑をかける。そう判断したのか、彼はこの家を出ていった。その時に彼は残していったのだ。

二人の息子達が大好きだったマフィンのレシピを。

「マーのやつ。これ見て作ってたな」

そのページだけ、微かに油の染みがついていた。バターで汚れた手で、ページを開いたせいだろう。

深海は潤んだ瞳を窓に向ける。

今ならあんなおかしな父でも許せるような気がした。男らしさを確認するために女や子供を殴らないといられない男よりも、あっさりと男であることを捨てて生きてしまった父の方が余程潔い。

父親としての責任を果たせなかったけれど、父は代わりに傷ついた子供を一人助けた。それでもう許していいような気がする。

「えーっと、使うのは小麦粉にベーキングパウダー。卵にミルク…」

キッチンに立つと深海は時計を確認して、慣れない作業に没頭していった。

「粘土だと思えば…こんなもの…簡単な筈なんだが」

粉まみれになりながら、忠実にレシピを再現しようとする。だが思ったようにうまくいかない。

「何やってんの？」

声に振り向くと、涼がヘルメットを手にして興味深そうにじっと見ていた。

「ん…お帰り。マフィン…になるはずなんだけど」

「そんなにこねたらまずいよ」

「えっ…」

「貸して…こういう風にさくって混ぜるんだ」

涼はヘルメットをダイニングに置くと、ボールを深海の手から受け取り器用に粉を混ぜ始めた。

「こねすぎ。ちょっと堅くなるかもな」

「涼…」

「マーが、おれのマーだけどね。よく作ってた。型…ある?」

「何か…変だな。涼がこういうの作れるなんて」

男臭い涼に、料理は似合わない。ずっとそう思っていたけれど、案外隠れた才能があるのかもしれない。涼は慣れた様子でオーブンに火を入れると、天板と型を用意していた。

白い半袖ワイシャツに、紺色の制服のズボン。いかにも高校生らしい服装なのに、相変わらず髭だけはそのままだ。

深海はオーブンが十分に温まるのを待っている涼の髭をわざと引っ張った。

「んだよ。剃らねぇぞ、いくら愛するニィの頼みでも」

「…涼。親父さん、行方不明みたいだ」

いきなり言われたのに、涼はうろたえる様子もない。静かに微笑んだだけだ。

「べつにぃ、いいんじゃない。親父の死亡届がいきなりきても、おれ、驚かないだろうな」

「いる場所、思いつく?」

「ううん…たださ。もし殺されてたら…犯人が分からないといいなって思うよ」

醒めた口調で涼は言った。

「涼…あの人のこと疑ってるのか」

「おれにもよく分からない。母性っていうの。そういうのおれ達には永遠の謎だもんな」

「そこまでやるかな」

「かもな…おれだけじゃない。ニィやチィを守るためなら、やるかもしれない」

無心に懐く子供と、命をかけて子供を愛する母親。深海はこの家からとうに消えた、母という存在について思いを巡らせた。

父でありながら、母のように子供を愛した男は、今どこにどうしているのだろう。

「おれ…あの人に愛されてたけど、本当はすごく寂しかったんだぜ」

「何で…」

「だってさ。おれは…ニィやチィの代わりだったんだもん。ニィは…おれを愛してくれてんだろ。誰かの代わりじゃなくって」

粉だらけの手では涼を抱けない。仕方なく深海は、涼にその体をそっと添わせた。

「な、じじぃになっても、ボードに乗ってよう。この海でさ。そういうのもかっこいいと思わないか」

深海の提案に涼は笑い出した。

「いいねぇ。じじぃが四人。海で遊んでるってのもな。おっしゃれー」

「だろ…」

涼は粉だらけの深海の手をそっと握って、そのまま顔を下げてキスしてくる。その口元には綺麗な前歯が揃っていた。

深海は新しい前歯に舌を絡める。確かな技術を持つ大樹の傑作は、人工の物だという違和感をまったく感じさせない。

「夕飯にはまだ早いよ…。ニィ、二階…行こうか」

オーブンはすでに温まっているのに、涼はとんでもない提案をする。深海はしばらく迷ったが、黙って粉だらけの手を洗った。

風が風鈴を鳴らす。窓の向こうには道路が一直線に伸びていて、そこを渡れば松林だ。その先には海がある。

波は今も穏やかに、砂浜を繰り返し洗っている。人が生まれるずっと前から行われていた同じことを、人が消えても波は続けるのだろう。

水の中に残った、様々な想いを溶かし込んだままで。

POSTSCRIPT

SIIRA GOU

最後まで読んで下さってありがとうございます。

湘南の海の話です。好きな場所ですからね。取材を兼ねてふらっと遊びに行ったりもして、楽しんで書かせていただきました。

最初、打ち合わせの段階で、今回は兄弟物などいかがですかと、担当様から話を振られたんですよ。

兄弟？　思わずまたそっち系の、兄貴ーっと叫ぶ唐獅子牡丹世界にふっとんでしまいそうになりましたが、そこはぐぐっと自制心を働かせまして、健康な海の話に。

恐れ多くも、中原中也の詩を使わせていただきました。読者様のイメージと違うと思われても、作品の解釈は人それぞれによって違うということで、ご了承いただければ幸いです。

作中にちらっと名前が出てくるお店は、モデルがあ

剛しいら組 URL　http://homepage1.nifty.com/siiragou/
剛しいら組：剛 しいら公式サイト

ります。友人が教えてくれました。

現地に詳しい方は、もうよくご存じだと思います。もし湘南方面に行かれるようなことがありましたら、覗いてみたら楽しいかも。

働いてらっしゃるのが、まぁ、皆さん、美男美女。料理もおいしかったけど、目の保養させていただきました。

私、千葉県民なんですが、海から離れた内陸部なんですよね。これ書いてて、無性に海の近くに引っ越したくなってしまいました。

大きな犬を連れての海岸の散歩。いいなぁ。海を見てるだけでも飽きないです。魚は新鮮でおいしいし…。

この作品には、続編が予定されております。

続きを書けることは、私としてもとても楽しみ。彼らは私の中で、今でも生き生きと存在していて、ページが途切れた後も楽しげに暮らしていますから。

イラストの新田祐克様。キャラクターにもう一つの命を与えてくださり、感謝しております。次回もまた彼等の姿が見られるのを、とても楽しみにしております。

シャイノベルズのU様。いつも楽しいお仕事をありがとうございます。

そして読んでくださった、あなた。

いつか私に、海の思い出など教えてください。

それではまた、次回に。

剛　しいら拝

愛され過ぎて孤独

SHY NOVELS68

剛 しいら著

SIIRA GOU

ファンレターの宛先
〒102-0073 東京都千代田区九段北4-3-10トリビル2F
大洋図書市ヶ谷編集局第二編集局SHY NOVELS
「剛 しいら先生」「新田祐克先生」係
皆様のお便りをお待ちしております。

初版第一刷2002年5月14日

発行者　山田章博
発行所　株式会社大洋図書
〒162-8614 東京都新宿区天神町66-14-2大洋ビル
電話03-5228-2881(代表)
〒102-0073 東京都千代田区九段北4-3-10トリビル2F
電話03-3556-1352(編集)
イラスト　新田祐克
デザイン　K.Izumi
編集　宇都宮ようこ
印刷　小宮山印刷株式会社
製本　有限会社野々山製本所

ISBN4-8130-0890-9